NY

Millionaires Club – Finn

eine Novelle von Ava Innings

Impressum

Erste Auflage

Covergestaltung

Viola Plötz | www.truelovejoy.de

Covermaterial

Matyuschenko / Shutterstock
tomertu / Shutterstock
Allen.G / Shutterstock
ByGurzoglu / Shutterstock

Ava Innings / Violet Truelove
www.truelovejoy.de
Industriestrasse 11
65529 Waldems

Lektorat/Korrektorat

Lektorat: Anja Hapka
Korrektorat: Anja Hapka, Sabine Wagner und Stefan Stern

Druck

Sowa Sp. z o.o.
ul. Hrubieszowska 6a
01-209 Warszawa

Widmung

Gewidmet meinen Kindern.
Ihr seid das Beste auf dieser Welt.

»Man kann keine neuen Ozeane entdecken, hat man nicht den Mut, die Küste aus den Augen zu verlieren.«

André Gid

Kapitel 1

FINN

Ein Blick auf die Rolex Sky-Dweller GMT an seinem Handgelenk sagte Finn, dass er achtzehn Minuten zu früh dran war. Suchend blickte er sich in der Menge um. In dem Nachtclub war es laut und beengt. Er bahnte sich seinen Weg durch die Tanzenden und erspähte schließlich zwei seiner Jungs an der Bar. Auf die Ferne war es ihm unmöglich, die Patterson-Brüder auseinanderzuhalten. Er schlenderte zu ihnen herüber und begrüßte sie mit einem lässigen: »Hi, Jungs!«

»Finn! Was machst du denn hier?« Finn konnte die Überraschung auf Ashtons Gesicht sehen und auch sein nur wenige Minuten älterer Zwillingsbruder Knox schien sichtlich erstaunt über sein Auftauchen. Die beiden auseinanderzuhalten war für das ungeübte Auge schwer, doch Finn wusste, worauf er achten musste. Ash, der alte

Draufgänger, hatte eine kleine Narbe, die seine rechte Augenbraue spaltete, und Finn war damals dabei gewesen, als Ashton sich die Verletzung zugezogen hatte.

»Na, mich amüsieren. Jedenfalls will ich das schwer hoffen.« Für irgendwas musste sich der Streit, den Vicky und er wegen seines Männerabends gehabt hatten, ja gelohnt haben. »Wo ist der Rest?«, fragte er.

»Noch nicht da.« Ash musterte Finn eingehend. »Mann, mit dir haben wir so gar nicht gerechnet.«

»Hat die großherzige Viktoria dir Ausgang gewährt?«, neckte Knox ihn.

»Ja, in ihrer unendlichen Güte und Weisheit hat sie mich von der Leine gelassen.«

Die Zwillinge warfen sich einen vielsagenden Blick zu und Finn zuckte lapidar mit den Schultern. Er merkte deutlich, dass die Brüder ihm die Story nicht abkauften.

»Ärger im Paradies?«, erkundigte sich Ashton, der unter seinen Freunden als der forschere der Zwillinge galt. Denn auch wenn sie sich, bis auf die winzige Narbe, wie ein Ei dem anderen glichen, so waren sie charakterlich völlig gegensätzlich.

Knox verdrehte die Augen. »Alter, musst du immer mit der Tür ins Haus fallen?«, rügte er seinen Bruder. Fügte aber dann hinzu: »Also, was ist los? Ihr zieht doch sonst immer euer Pärchen-Ding durch.«

Zu seiner Schande musste Finn gestehen, dass er in den letzten Monaten ein mieser Freund gewesen war und sich ganz schön von seiner Verlobten hatte vereinnahmen lassen. Umso mehr genoss er es, an diesem Abend hier sein zu können.

»Ja, Mann, du stehst voll unter der Knute.«

»Und du, Ash, hast definitiv schon zu viel getrunken«, konterte Finn. Er stand nicht unter der Knute. Es fiel ihm lediglich schwer, Viktoria einen Wunsch abzuschlagen. Das war alles.

»Ach, die paar Drinks«, meinte Ashton lachend und winkte ab. »Die hauen mich doch nicht um.«

»Abgesehen davon, musst du gerade reden«, neckte Finn ihn, denn Ashton war derjenige der Freunde, der sich am längsten in festen Händen befand. Noch immer führte er eine Beziehung mit seiner ersten Freundin.

»Ich? Ich stehe doch nicht unter dem Pantoffel«, behauptete er, und Finn musste sich eingestehen, dass das in seinem Fall vermutlich zutraf. Sicherlich hätte Ash Ivy so eine Szene wie die, die Vicky ihm an diesem Abend geliefert hatte, nicht durchgehen lassen. Finn seufzte leise. Er hatte die Jungs ewig nicht mehr gesehen gehabt und es war ihm wichtig gewesen, heute hier sein zu können. Der heftige Streit war jedoch völlig unnötig gewesen. Trotzdem war er froh, dass Vicky es nicht geschafft hatte, ihm sein Vorhaben auszureden. Und das, obwohl sie alle Geschütze aufgefahren und zum Schluss theatralisch in Tränen ausgebrochen war. Doch er ging wirklich nicht mehr viel aus, seit sie ein Paar waren, und er hatte die

Jungs, auch wenn sie sich die meiste Zeit wie Trottel benahmen, vermisst.

»Wie geht es Ivy denn so?«, wechselte er rasch das Thema.

»Gut. Doch, als ich zuletzt mit ihr gesprochen habe, da ging es ihr gut.«

»Als du zuletzt mit ihr gesprochen hast?«, hakte Finn irritiert nach.

Ashton seufzte leise. »Das Model-Ding läuft inzwischen hervorragend. Sie ist gerade in Mailand und hat da diverse Buchungen für Shootings und die Fashion Week dort und danach die in Paris.« Er schenkte Finn ein gezwungenes Lächeln und als er »Versteh mich nicht falsch. Ich bin total stolz auf sie, aber sie fehlt mir.« hinzufügte, klang es beinahe entschuldigend.

»Wird Zeit, dass du aufhörst, in den Tag hineinzuleben und dir auch ein echtes Leben zulegst.« Ashton warf seinem Bruder einen stinkigen Blick zu, doch der erwiderte daraufhin bloß: »Was denn? Hättest du auch eine Karriere, an der du arbeiten könntest, wärst du abgelenkt und sie würde dir nicht so fehlen.«

»Noch immer der alte Partylöwe?«, erkundigte Finn sich und Ash nickte.

»Du kennst mich doch, Bro! Eine Party ohne mich, …«

»… ist keine Party«, vollendeten Knox und Finn Ashtons Leitspruch unisono. Finn schüttelte in sich hineinlachend seinen Kopf. Er konnte wirklich nicht verstehen, wie Ash es aushielt, den lieben langen Tag nichts zu tun und lediglich das Erbe seiner Eltern durchzubringen. Natürlich könnte Finn es ebenso handhaben, doch er hatte sich entschieden, das Unternehmen, das sein Vater gegründet hatte, weiterzuführen. Nicht selten arbeitete er mehr als zwölf Stunden am Tag und er wusste, er musste auf Dauer kürzertreten, sonst würde er – ebenso wie sein alter Herr – seinen fünfzigsten Geburtstag nicht erreichen. Bevor die düsteren Gedanken seine Stimmung völlig ruiniert hatten, tauchten Tristan, Mason,

Chandler, Jayden und Cameron auf. Finn grinste breit, als er die erfreuten Gesichter seiner Freunde sah. Wie es aussah, hatten die Jungs nicht nur ihm gefehlt, sondern er auch ihnen. »Na, du alter Schwerenöter«, begrüßte er Cameron, den er am längsten nicht mehr gesehen hatte. »Wie geht es dir?«

Cameron guckte Finn mit gerunzelter Stirn an, verzog dann das Gesicht zu einer Grimasse und fragte Mason: »Wer ist der Typ? Kenne ich den?« Die Jungs um Finn herum brachen in schallendes Gelächter aus. »Hey, schmoll nicht, Alter, es ist schön, dich zu sehen«, bekannte Cameron, nachdem die Jungs sich etwas beruhigt hatten. Er zog Finn in eine herzhafte Umarmung und klopfte ihm dabei brüderlich auf die Schulter. »Der verlorene Sohn ist also heimgekehrt. Kaum zu glauben«, murmelte er.

»Wie witzig, du Arsch«, murrte Finn, musste sich jedoch eingestehen, dass Cam recht hatte. Er nahm sich vor, ihre Freundschaft in Zukunft besser zu pflegen und zwar unabhängig davon, was Vicky sagen würde. Er wusste genau, sie würde wieder ausflippen, denn sie mochte die Jungs nicht besonders. Dafür gab es keinen wirklichen Grund, wie Finn fand, doch Vicky tat, als würde er in Gesellschaft seiner Freunde zu einem primitiven Affen mutieren, der alles besprang, was nicht bei drei auf den Bäumen war. Manchmal nervte ihn ihre Eifersucht gewaltig, denn er war nun einmal nicht wie ihr Vater. Er war treu und würde sie niemals betrügen und verlassen. Dass sie ihm – nach all der gemeinsamen Zeit – immer noch misstraute, schmerzte Finn und das Theater, das sie den Abend über veranstaltet hatte, um ihn davon abzuhalten, ohne sie auszugehen, war beinahe von Erfolg gekrönt gewesen. Er konnte Vicky einfach nicht weinen sehen und er fühlte sich mies, weil er für ihr Unglück verantwortlich war. Vermutlich hätte sie ihn wahrhaftig zum Bleiben bewegt, hätte sie es nicht übertrieben, indem sie versuchte, ihn zu erpressen. Er hatte ihr deutlich zu verstehen gegeben, wie enttäuscht er von diesem Verhalten war und war dann erst recht gegangen. Nicht weil er noch Lust auf ein Treffen mit den Jungs gehabt hätte, sondern weil es ums Prinzip ging. Er würde sich nicht erpressen lassen. Sein Vater hatte diesen Mist mit ihm ständig abgezogen und er hatte schon früh seine Lektion gelernt. Wenn man ihm so kam, dann mauerte er und an ihn war kein Rankommen mehr. Vicky wusste das eigentlich auch genau.

Auf dem Weg in die Hamptons hatte sie ihn dann noch einmal angerufen und sich entschuldigt. Sie hatten lange miteinander gesprochen, dennoch war Finns gute Laune dahin und er bezweifelte, ob er an diesem Abend wirklich Spaß haben konnte.

»Und, wo steckt Vicky?«, erkundigte Mason sich. Er klang höflich, doch Finn wusste, dass auch er Vicky nicht leiden konnte. Keiner seiner Freunde mochte sie, denn die Abneigung beruhte auf Gegenseitigkeit.

Dennoch würde Finn es nicht zulassen, dass die Jungs auf seiner wunderschönen, brünetten Verlobten herumhackten. Zweifelsohne war Vicky anspruchsvoll und anstrengend, doch sie war auch blitzgescheit und besaß Stil und Klasse.

»Sie ist in der Stadt«, beantwortete er Masons Frage. »Ich werde sie morgen abholen und den Rest des Wochenendes mit ihr hier verbringen.«

Dante kam zu der Gruppe hinüber. »Na, Jungs, alles im Lot?«, fragte er. »Kann ich etwas für euch tun?« Ihm gehörte das ›Dantes Inferno‹, der Nachtclub, in dem sich die Freunde gerade befanden. Er schaute sie aufmerksam an. »Wollt ihr in die VIP-Lounge? Oder …« Er warf einen fragenden Blick in Tristans Richtung und verstummte.

Dieser grinste breit. »Theoretisch gerne, aber ich bin heute Abend nur zum Teil zum Vergnügen da«, gestand er seinen Kumpels. Tristan gehörte das Musiklabel ›Atomweight Records‹ und er war ständig auf der Suche nach neuen Talenten. »Aber wenn ihr lieber unter euch sein wollt, ist das für mich in Ordnung. Ich komme dann nach, wenn ich die Band unter die Lupe genommen habe.«

Ziemlich einstimmig bekundete der Rest, dass das gar kein Problem sei und sie sich gerne mit ihm unter das gemeine Volk mischen würden. Einen Tisch besorgte Dante der Gruppe dennoch, schließlich zählten sie zu seinen besten Kunden. Eine halbe Stunde später saßen Finn und seine Freunde ziemlich weit vorne an der Bühne und hatten das zweifelhafte Vergnügen, die ›Dope Dreams‹ live und hautnah zu hören.

»Gott, die sind der reinste Albtraum«, lästerte Tristan.

»Um zu diesem Schluss zu kommen, muss man kein Fachmann sein«, stimmte Finn ihm lachend zu.

»Die Leadsängerin ist `ne Bombe, aber die Jungs sind mal total daneben. Das fängt beim Outfit an und hört bei ihrem Rhythmusgefühl auf.«

Finn musterte die Frontfrau und musste Tristan zustimmen. »Ja, die Kleine ist ein echter Gewinn.«

»Na ja, sie wäre es, wenn der Rest der Band nicht aus solchen Losern bestehen würde.« Als der Bassist sich zum dritten Mal verspielte, funkelte die Kleine ihn böse an. Singend schlenderte sie zu ihm herüber und nahm ihm den Bass ab. Sie hängte ihn sich um, ohne den Song zu unterbrechen, und übernahm dann seinen Part. »Die ist besser als der Rest der Band zusammen. Das nenne ich mal eine Perle vor die Säue geworfen.« Finn versuchte sich den Rest des Gigs auf die Sängerin zu konzentrieren, denn nur dadurch war die Band zu ertragen.

»Ich wette, die Songs stammen von ihr. Die Jungs haben so viel Tiefgang wie eine Pfütze, die könnten niemals solche Lieder schreiben«, murmelte Tristan und nippte an seinem Drink.

»Du stehst auf sie«, meinte Finn amüsiert.

»Ich?« Er ließ seinen Blick über ihren Körper gleiten. »Ich vögle nicht mit

Sängerinnen, die ich unter Vertrag nehmen will. Du hast also freie Bahn.«

»Vicky«, erinnerte Finn seinen Freund.

»Ich kann nicht fassen, dass du immer noch mit der Eisprinzessin zusammen bist.«

»Nenn sie nicht so«, murrte Finn, dabei wusste er genau, dass Vicky den Jungs wenig Grund gegeben hatte, sie zu mögen.

Tristan hob abwehrend die Hände. »Hey«, meinte er beschwichtigend, »solange du glücklich bist, soll es mir recht sein. Ich muss sie ja nicht heiraten.«

»Davon würde ich dir auch abraten, andernfalls müsste ich dir deine Nase brechen und dann würdest du wie ein drittklassiger Zuhälter und nicht wie der Boss eines angesagten Musiklabels daherkommen.«

Er gluckste belustigt. »Noch immer der eifersüchtige Typ, was?«

Finn zuckte mit den Schultern. Er hatte das Temperament seiner Mutter geerbt. Ja, auch wenn es ihn an Vicky nervte, immun war er gegen diese Emotion auch nicht. Allerdings machte er ihr deshalb keine Szene. »Was ist daran so schlimm?«, erkundigte er sich. »Und abgesehen davon bin ich im Vergleich zu Vicky harmlos.«

»Eifersucht ist der Beweis für mangelndes Vertrauen«, informierte Chandler seine Freunde.

»Kann auch nur einer sagen, der noch nie beschissen worden ist«, warf Jayden ein. Nach einer gescheiterten Beziehung, in der seine Ex ihm fremdging, hatte der Unternehmer erst einmal die Nase voll von Frauen und ließ es ruhig angehen.

Finn verdrehte die Augen. »Ich finde ja, es ist ein Zeichen dafür, dass sie mir nicht egal ist.«

»Wie du meinst«, erwiderte Chandler. Sein britischer Akzent war der reinste Frauenmagnet und er schleppte ständig die hübschesten Mädels ab. Seine Beziehungen, wenn man das überhaupt so nennen konnte, waren kurzlebig, und Finn war sich sicher, sie scheiterten nicht daran, dass er so zugeknöpft war. Im Gegenteil, seine zurückhaltende Art stach seinen Akzent in Sachen Attraktivität noch aus, denn sie verlieh ihm etwas Geheimnisvolles und regte die Frauen an, hinter die Fassade zu blicken.

Die ›Dope Dreams‹ spielten einen neuen Song an, oder besser, die Frontfrau tat es, denn bei dem Stück handelte es sich um eine Solonummer. Finn bemerkte, wie Tristan sich neben ihm vorbeugte. Er lauschte aufmerksam und sah dabei aus, als wäre er gerade auf eine Goldmine gestoßen. Finn konnte nachempfinden, wie sein Freund sich fühlte. Dieser Song und die Art, wie ihn die Kleine wiedergab, gingen einem durch Mark und Bein und weckten eine Sehnsucht in ihm, die er schon lange nicht mehr verspürt hatte. Es ging um zerbrochene Träume und ungelebte Wünsche. Etwas, mit dem Finn sich sehr gut auskannte.

Es hatte nie zu Debatte gestanden, ob Finn die Führung des Familienunternehmens übernehmen würde, lediglich das ›wann‹ war mit einem Fragezeichen versehen gewesen. Der plötzliche Tod seines Vaters hatte ihm jedoch keine Wahl gelassen und noch vor seinem Abschluss hatte Finn dessen Platz einnehmen müssen. Den Aktionären war dies ein Dorn im Auge gewesen, denn Finn war zwar daran gelegen, die Prinzipien und Werte des Unternehmens zu vertreten, doch er brachte auch eigene Vorstellungen mit und es drängte ihn danach, die Firma zu modernisieren und ihr ein jugendlicheres Image zu verleihen.

Sein Ur-Großvater hatte mit der Entwicklung spezieller Farbpigmente für hoch UV-resistente Lacke die Grundsteine für den Erfolg des Unternehmens gelegt, doch das Image der Firma war schon lange nicht mehr zeitgemäß. Genau wie die Vorstellungen, die Finn von einem Leben nach dem Studium gehabt hatte.

Er spülte den Seufzer, der seiner Kehle entsteigen wollte, mit einem Schluck Bier hinunter und widmete sich wieder der

Kleinen auf der Bühne. Wie alt mochte sie wohl sein? Sie wirkte wahnsinnig jung und dennoch schien sie genau zu wissen, wovon sie sang. Sie trug den Song über verlorene Hoffnung und ungelebte Leidenschaften so gefühlvoll vor, dass Finn sich unwillkürlich fragte, welches ihre Geschichte war.

»Ich will sie!«, raunte Tristan ihm zu.

Nachdem der Gig gelaufen war, folgte Finn Tristan hinter die Bühne. »Es ist besser, wenn noch jemand dabei ist. Wirkt eindrucksvoller«, hatte Tristan verkündet und Finn dann einen Wink gegeben, mit ihm zu kommen.

Sie gingen den Flur entlang und schon von Weitem hörten sie eine aufgebrachte Frauenstimme. »Was war das denn, Ray? Du warst gar nicht bei der Sache, hast ständig deinen Einsatz verpasst und …«

»Jetzt sei mal nicht so eine verdammte Streberin«, fauchte ein Mann. »Gott, du bist so eine frigide Zicke.«

»Und du bist so ein Idiot! Weißt du, wie scheißpeinlich es ist, wenn man da auf der Bühne steht und du es voll verkackst? Wir stehen dann alle wie die letzten Deppen da.«

»Feuer hat sie ja, die Kleine«, flüsterte Tristan seinem Freund zu und gab ihm ein Zeichen, zu stoppen und leise zu sein.

»Der Lauscher an der Wand …«, begann Finn, brach jedoch ab, als er Tristans mahnenden Blick sah.

»Du machst aus einer Mücke einen Elefanten«, warf ihr der gleiche Mann vor. »Oder was meint ihr, Jungs?«

»Ich finde Ray hat recht. Du stellst dich echt ziemlich an, Reagan.«

»Fuck, Jungs, das hier ist keine große Party! Ich dachte, wir wollten mit der Musik erfolgreich sein und ihr Flachpfeifen nehmt die ganze Sache kein Stück ernst. Wie viel Flaschen Bier habt ihr euch reingezogen, bevor wir auf die Bühne gegangen sind? Ich habe es so satt, nur Mittelmaß zu sein.«

Tristan setzte sich rasch in Bewegung und ging durch die offen stehende Tür in den Raum, in dem sich die Bandmitglieder befanden. »Sie sind ganz bestimmt kein Mittelmaß«, meinte er statt einer Begrüßung. Er zückte eine Visitenkarte und reichte sie ihr. »Tristan Holloway von ›Atomweight Records‹.«

Finn beobachtete, wie die Sängerin Tristans ausgestreckte Hand ergriff und sagte: »Reagan Sweets, Frontfrau der ›Dope Dreams‹.«

»Mein Kollege Finn Westton und ich sind begeistert von Ihrem Auftritt.« Miss Sweets reichte auch ihm die Hand. *Was für ein süßer Name für eine süße Frau,* dachte Finn amüsiert.

»Siehst du, Reagan, alles halb so wild«, warf ein junger, aber verbraucht wirkender Typ ein. »Wir haben das Ding gerockt.«

»Du bist der Bassist, oder?«, fragte Tristan. Als der Kerl, dessen verwaschenes T-Shirt auch schon bessere Tage gesehen hatte, nickte, meinte er: »Nein, Junge, du hast nicht gerockt. Du warst unterirdisch.« An Reagan gewandt fügte er hinzu: »Können wir irgendwo unter vier Augen sprechen?« Sie warf den Mitgliedern ihrer Band einen fragenden Blick zu, doch sie wurde lediglich finster angestarrt – beinahe so, als hätte sie etwas verbrochen.

Sie straffte ihre Schultern, richtete sich zu ihrer vollen Größe auf – was wenig beeindruckend war, denn Finn schätze sie auf maximal einssechzig – und nickte zustimmend. Tristan, ganz Gentleman, wies Richtung Tür und ließ ihr den Vortritt. Reagan führte sie den Gang entlang und öffnete eine Tür an dessen Ende. Allem Anschein nach handelte es sich um den Aufenthaltsraum für die Mitarbeiter des Clubs, denn dort stand ein großer Tisch und es gab mehrere Stühle, sowie eine kleine, einfache Küchenzeile.

»Ist das okay?«, erkundigte sie sich zögerlich.

Tristan nickte. »Es ist perfekt. Setzen Sie sich doch, Miss Sweets.«

Sie schluckte beklommen und Finn entging nicht, wie nervös sie mit einem Mal war. Sie zupfte an ihrem Shirt herum, atmete tief durch und nahm dann Platz. Tristan und er setzten sich ihr gegenüber und Finn erkannte, dass sie noch jünger war, als er angenommen hatte. »Wie alt sind Sie?«, erkundigte er sich.

»Achtzehn«, gestand sie. In diesem Alter hatte sie in einem Nachtclub wie diesem, der eine Ausschanklizenz besaß, nichts zu suchen. Finn hob vielsagend eine Augenbraue und sah Tristan an. »Aber ich trinke nicht. Ich bin nur hier, um Musik zu machen.«

»Und das machen Sie ganz ausgezeichnet, Miss Sweets«, versicherte ihr Tristan, woraufhin sie ihm ein schwaches Lächeln schenkte. »Wir von ›Atomweight Records‹ könnten uns durchaus vorstellen, Sie unter Vertrag zu nehmen, doch wir reden hier von Ihnen als Einzelperson und nicht von der Band.«

Reagan biss sich auf die Lippe und nickte. Sie sah enttäuscht aus. »Ist das ein Problem für Sie?«, erkundigte sich Finn. Auch wenn er und Tristan sich nicht abgesprochen hatten, so hatte er beschlossen, die unangenehmen Fragen zu stellen, damit sein Freund in einem besseren Licht dastand und sympathischer wirkte.

»Ja. Nein«, stammelte sie. »Wir sind nicht immer so mies wie heute. Eigentlich sind wir sogar ziemlich gut«, behauptete sie.

Tristan warf ihr einen mitfühlenden Blick zu. »Hören Sie, Ihre Loyalität der Band gegenüber ehrt Sie, doch überlegen Sie sich, ob die Jungs sich im umgekehrten Fall ebenso verhalten würden. In Ihnen sehen wir einen ungeschliffenen Rohdiamanten, der Rest der Band besteht aus Glasmurmeln. Verpassen Sie Ihre Chance nicht, nur weil Sie ein guter Mensch sein wollen. So läuft das in diesem Business nicht. Denken Sie über unser Angebot nach und rufen Sie uns an.«

Tristan erhob sich und Reagan und Finn taten es ihm gleich. Nach einem kurzen Händeschütteln verließen sie zusammen den Aufenthaltsraum. Während die Sängerin zu ihrer Band zurückging, strebten die beiden Freunde die Bar des Clubs an.

Tristan schnaubte freudlos, nachdem sie ihre Drinks serviert bekommen hatten. Er leerte seinen in einem Zug und bestellte einen zweiten. »Sie wird es nicht tun«, verkündete er frustriert. »Die Kleine ist eine ehrliche Haut.«

»Woher willst du das wissen? Du hast sie gerade mal fünf Minuten gesehen, wenn es hochkommt.«

»Menschenkenntnis, Finn, aber das war ja leider noch nie deine starke Seite.«

Finn warf seinem Freund einen eisigen Blick zu. »Spar dir bitte deine fiesen Seitenhiebe gegen Vicky.«

»Da du weißt, von wem ich rede …«

»Du kennst sie nicht so, wie ich sie kenne«, unterbrach Finn seinen Freund.

»Mag sein, doch ich sehe, was ich seit eurer ersten Begegnung gesehen habe. Du könntest irgendwer sein. Es geht ihr nicht um dich, Finn. Es geht ihr um deine Familie. Du bist nun mal ein Westton und ein Westton passt verdammt gut zu den Van Camps und ja, völlig richtig, ihr seid das Traumpaar der High Society, aber seid ihr auch glücklich?«

Reagan war nicht die einzige Person in diesem Club, die loyal war und daher erwiderte Finn: »Natürlich sind wir das.« Auch wenn er sich an diesem Abend deshalb gar nicht so sicher war. Er unterdrückte einen traurigen Seufzer und lenkte seine Aufmerksamkeit auf Tristans Problem. Auch er teilte die Einschätzung seines Freundes. Die Kleine würde die Band nicht verlassen, was ein Jammer war. Sie würde die Chance ihres Lebens und die Möglichkeit, ihre Träume zu erfüllen, ungenutzt verstreichen lassen und alles nur, weil sie diesen grenzdebilen Idioten die Stange hielt.

Es war beinahe ein Uhr, als Finn den Club verließ. Der Abend mit den Jungs hatte ihm gutgetan. Er war eine bitter nötige Auszeit von seinem anstrengenden Leben gewesen. Finn hatte kein Problem mit seinen Zwölf-Stunden-Tagen. Er arbeitete gerne viel und hart und brauchte das auch irgendwie. Nein, was ihm zu schaffen machte, war die Verantwortung, die mit seiner Führungsposition einherging.

Mit achtundzwanzig Jahren hatte er um die Welt reisen und diese kennenlernen wollen. Er hatte davon geträumt, mit seinem Segelboot den Atlantik zu überqueren und Europa zu erkunden. Stattdessen verbrachte er die meiste Zeit hinter seinem gigantischen antiken Mahagonischreibtisch.

Auf dem Weg zum Auto hörte er plötzlich aufgeregte Stimmen. »Dann nimm das Scheißangebot doch an, wenn du dich für was Besseres hältst!«, schrie ein Mann.

Finn drehte sich herum und sah die Sängerin zusammen mit dem Bassisten im Licht einer Straßenlampe stehen.

»Ich halte mich nicht für etwas Besseres«, versicherte sie ihm. »Ich finde nur, wir müssen uns mehr Mühe geben, Ray.«

»Wir? Damit meinst du eindeutig mich! Wer hat dich denn überhaupt erst in die Band geholt?«, fauchte dieser verärgert. Die Sängerin schenkte sich eine Antwort, weshalb der Typ brüllte: »Na, wer war es, du undankbares Miststück?«

Miststück? Der Typ hatte sie doch nicht mehr alle. Da wollte dieses talentierte Mädchen die Chance ihres Lebens für so einen Idioten wegwerfen und diese Lusche hatte nichts Besseres zu tun, als sie deshalb dumm anzumachen? Finn marschierte in die Richtung des Bandbusses, vor dem die beiden standen und stritten. »Gibt es ein Problem, Miss Sweets?«, erkundigte er sich. Er bemühte sich um einen möglichst ruhigen Tonfall und versuchte so Reagan, die etwas eingeschüchtert wirkte, zu signalisieren, dass alles gut und sie in Sicherheit war.

»Wüsste nicht, was dich das angeht, du Penner.«

»Ray!«, zischte Reagan. »Es tut ihm leid«, versicherte sie Finn.

»Einen Dreck tut es mir!«

»Verdammt, Ray, kannst du einmal nachdenken, bevor du den Mund aufmachst?«

»Keine Sorge, er versaut es gerade nicht. Selbst wenn die Band heute einen schlechten Tag hatte, so ist ›Atomweight Records‹ ausschließlich an Ihnen interessiert.«

»Oh!«, murmelte sie betreten. »Ich hatte gehofft, dass …«

Finn schüttelte den Kopf. Was das anging, hatte Tristan während ihres langen Gesprächs keine Zweifel aufkommen lassen, weshalb es Finn nichts ausmachte, in seinem Namen zu sprechen.

»Wäre was anderes, wenn wir auch Titten hätten, was? Ich und die Jungs sind wohl nicht für die Besetzungscouch geschaffen, nicht wahr?«

»Die Jungs und ich …«, verbesserte ihn Finn.

»Häh?«, machte Ray.

»Der Esel nennt sich immer zuerst.« Miss Sweets kicherte und erntete daraufhin einen bösen Blick von Ray.

»Willst du mich beleidigen, oder was?«, fragte Ray. Eine eisige Ruhe hatte von ihm Besitz ergriffen und sein Tonfall war kalt und – wie Finn zugeben musste – durchaus furchteinflößend. Die unterschwellige Aggression, die Ray ausstrahlte, hatte etwas Bedrohliches und Finn erkannte, dass er vorsichtig sein musste. Der Kerl hatte getrunken, vielleicht sogar irgendetwas genommen, und war eindeutig nicht zurechnungsfähig.

»Lass gut sein, Ray!«, versuchte Reagan den Bassisten zurückzupfeifen.

Ray drehte sich zu ihr herum. »Halt dich da gefälligst raus!« Er wandte sich ab und trat einen Schritt auf Finn zu. »Wenn du Prügel willst, du eingebildeter Schnösel, dann kannst du sie gerne bekommen.«

»Mach dich nicht lächerlich, Mann«, sagte Finn. »Du willst doch keinen Ärger mit dem Gesetz bekommen, oder?«

Ray schnaubte abfällig. »Das ist so typisch für euch reiche Säcke. Einer Auseinandersetzung Mann gegen Mann seid ihr nicht gewachsen. Nein, da wird sofort die Nummer vom Anwalt gewählt.« Er gab ein ›Boak, Boak, Boak‹ von sich, stemmte seine Fäuste gegen seinen Oberkörper und wackelte mit seinen Armen.

Reagan verdrehte die Augen. »Wahnsinnig erwachsen, Ray, und auch echt männlich, wie mir gerade klar wird.«

Der Bassist wirbelte zu Reagan herum. »Habe ich dir erlaubt, zu reden? Nein, habe ich nicht, also halt die Schnauze, du blöde Kuh!« Er machte einen raschen Schritt auf sie zu und hielt ihr seinen erhobenen Zeigefinger vor die Nase. Ängstlich wich die Sängerin vor ihm zurück.

»Hey Mann, das reicht jetzt echt!«, stellte Finn klar. »Kommen Sie her, Reagan!« Er streckte die Hand nach ihr aus, doch Ray packte die Sängerin grob am Arm und zischte: »Du gehst nirgendwo mit diesem Schnösel hin!«

Reagan gab einen schmerzerfüllten Laut von sich und Finn sah rot. Er packte Rays linken Arm und drehte ihn dem Bassisten auf den Rücken. Zwar war sein Kampfsporttraining inzwischen einige Jahre her, doch er konnte unmöglich zulassen, dass dieser betrunkene Kerl das Mädchen derart schäbig behandelte. »Lass sie los! Sofort! Sonst spielst du mit deinen gebrochenen Knochen so schnell kein Instrument mehr«, drohte er Ray. »Sind Sie okay?«, fragte er Reagan, die sich ihren Oberarm rieb, auf dem die roten Abdrücke von Rays Fingern zu sehen waren. Sie nickte beklommen. Tränen schimmerten in ihren Augen und ihr trauriger Blick raubte Finn schier den Atem. Sie wirkte so verletzlich und zart, noch während er versuchte, sich über die in ihm aufwallenden Gefühle im

Klaren zu werden, verpasste der Bassist ihm einen Kinnhaken mit der Rechten, drehte sich aus dem gelockerten Haltegriff heraus und gab Finn eine Kopfnuss. Diese traf ihn mit brachialer Wucht und als er zu Boden ging, hörte er Reagan in der Ferne um Hilfe rufen.

Kapitel 2

REAGAN

Reagan saß fassungslos und beschämt in dem teuren Wagen. Sie hielt den Mitarbeiter von ›Atomweight Records‹, der sie so heldenhaft verteidigt hatte, im Arm.

Es war ihre Schuld, dass er nun eine gebrochene Nase hatte und sein teurer Maßanzug aufgrund des vergossenen Blutes ruiniert war.

»Ist es noch weit?«, fragte sie unbehaglich einen der beiden Männer in der Fahrgastzelle. Sie war nicht imstande, zu sagen, wer wer war. Der Zwilling auf dem Beifahrersitz drehte sich zu ihr herum. Er war, anders als sein Bruder, der hinter dem Steuer saß, eindeutig betrunken. »Ist nicht mehr weit, Kleines!«, informierte er sie. Reagan seufzte leise und fragte sich zum wiederholten Mal, wie sie bloß in diese Situation hatte geraten können.

Ray war so ein Esel. Manchmal wünschte sie sich wirklich, der Herr würde Hirn vom Himmel regnen lassen, denn davon besaß ihr dämlicher Cousin eindeutig zu wenig. Sie machte sich Sorgen um ihn und hasste den Umstand, dass Ray, betrunken wie er war, mit dem Bandbus abgehauen war. Cole und Reece, diese Idioten, hatten natürlich nicht den Arsch in der Hose gehabt, ihrem großen Bruder die Stirn zu bieten. Reagan betete, dass ihre Cousins heil nach Hause kamen. Sich erkundigen, ob dies bereits geschehen war, konnte sie nicht, denn ihr Handy befand sich im Bandbus. Und nicht nur ihr Handy, sondern auch ihr Portemonnaie und all der andere Kram, den sie in ihrer Handtasche mit sich herumschleppte.

Nachdem Ray Mister Westton niedergeschlagen hatte, hatte Reagan mehrfach laut um Hilfe gerufen. Ray hatte Panik bekommen und war abgehauen, als die Freunde von Finn auf sie zugelaufen kamen. Er und seine Brüder hatten fluchtartig und mit quietschenden Reifen den Parkplatz vor dem Club verlassen und scheinbar keinen Gedanken an Reagan verschwendet. Und nun war sie alleine in einem Auto mit drei fremden Männern. In dieser Situation trauerte sie weniger ihrem Handy nach, das sich in ihrer Tasche befand, als viel mehr ihrem Pfefferspray, das dort ebenfalls sein Zuhause hatte.

Nervös leckte sie sich die Lippen. Diese Typen konnten sie sonst wo hinbringen. Wer wusste schon, wie die drauf waren. Nur weil sie reich waren, hieß das noch nicht, dass sie anständige Leute mit guten Manieren waren. In Filmen waren es ja oft die vermögenden Typen, die dachten, sie würden über dem Gesetz stehen und könnten sich alles erlauben.

Finn Westton, dessen Kopf in ihrem Schoß ruhte, stöhnte leise. Sie strich ihm eine Strähne seiner blonden, dichten Haare aus dem Gesicht und stellte fest, dass ihre Finger vor lauter Unbehagen schweißfeucht waren.

Der Wagen wurde langsamer, hielt fast an und bog dann nach rechts ab. Ein großes schmiedeeisernes Tor wurde geöffnet und Reagan registrierte, dass sie eine gekieste Auffahrt entlangfuhren. Der Fahrer stoppte den Wagen vor dem größten Haus, das Reagan jemals gesehen hatte.

»Hier wohnt Mister Westton?«, fragte sie ungläubig.

»In der Tat tut er das. So, dann bringen wir den kleinen Finn mal ins Bett«, meinte der Zwilling, der auf dem Beifahrersitz saß.

»Seid ihr sicher, dass euer Freund keinen Arzt braucht? Ich bin nach wie vor der Meinung, er gehört ins Krankenhaus.«

»Nee, da gehört er ganz sicherlich nicht hin. Er hasst Krankenhäuser und würde uns umbringen, sobald er zu sich kommt. Wir rufen gleich Dr. Snow an. Sie kommt dann vorbei und sieht ihn sich an.«

Die Tür zum Fond des Wagens wurde geöffnet und der nüchterne Zwilling, der sie gefahren hatte, beugte sich hinein: »Aufwachen, Dornröschen.«

»Was?«, kam es von Finn. Er klang verwirrt.

»Genug geschlafen, mein Lieber.«

»Lass mich in Ruhe, Ash. Mir tut alles weh!«, murrte der Mann, dessen Kopf noch immer in Reagans Schoß lag.

Der Zwilling schnaufte frustriert. »Der hat dich echt ganz schön erwischt, wenn du mich mit Ash verwechselst, Bro!«

»Knox?«, fragte Finn verwirrt, versuchte, sich aufzusetzen und stöhnte laut auf. Reagan stützte ihn, bis er schließlich saß. »Fuck, ja, das hat er.«

»Du hast es echt so gar nicht mehr drauf, Alter«, meinte der andere Zwilling, der dann Ash sein musste.

»War ein Glückstreffer«, sagten Finn und Reagan unisono.

Erst jetzt bemerkte Finn sie. Er drehte sich kurz zu ihr um und sah sie an, ehe er sich seinen Kumpels zuwandte. Allem

Anschein nach war er ziemlich angepisst. Reagan seufzte leise. Sie hasste es, wenn Leute auf sie sauer waren.

»Was macht sie hier?«, wollte er wissen.

»Die Typen sind mit dem Bus abgehauen und ihr Zeug war da drin. Was hätten wir tun sollen? Sie ohne Geld und Telefon dort stehen lassen? Wir dachten, für eine Nacht kann sie sicherlich hierbleiben. Ist ja nicht so, als würde es in diesem Haus nicht genug Gästezimmer geben.«

Finn gab einen genervten Laut von sich. »Kann nicht einer von euch sie mitnehmen? Wisst ihr, was passiert, wenn Vicky mitbekommt, dass ich eine fremde Frau von meinem Männerabend mit nach Hause gebracht habe? Die macht mir die Hölle heiß.«

Ash lachte. »Ja, Mann, du stehst so gar nicht unter dem Pantoffel, was? Wo sind deine Manieren, Bro?«

»Und das von dir?«, erkundigte Finn sich zweifelnd.

»Sei kein Arschloch, Mann. Sie war es, die um Hilfe gerufen hat und bei dir geblieben ist, während die drei Feiglinge getürmt sind. Du kannst sie auch im Poolhaus unterbringen, wenn du dich dann besser fühlst.«

»Wegen ihr bin ich erst in diesen Schlamassel geraten«, grollte Finn.

Reagan, der die ganze Situation äußerst unangenehm war, sagte: »Ich will euch keine Umstände machen. Verratet mir einfach, wo die nächste Bushaltestelle ist, dann fahre ich heim.«

»Mitten in der Nacht?« Sie nickte. »Schätzchen, das hier ist nicht New York. Das hier sind die Hamptons und um diese Zeit fährt dich kein Bus mehr zurück in die Stadt.«

Reagan biss sich auf die Unterlippe. »Dann … dann nehme ich eben ein Taxi«, wisperte sie kaum hörbar. Es würde sie ein Vermögen kosten und Geld hatte sie, nachdem sie die Anzahlung für die neue Gitarre geleistet hatte, im Moment keins.

»Bis in die Stadt sind es rund zwei Stunden, Süße. Sei kein Unmensch, Finn. Die Kleine ist doch völlig fertig«, mischte sich nun der andere Zwilling ein.

Finn gab einen resignierten Laut von sich. »Ich hasse es, wenn du recht hast, Knox«, murrte er und gab sich mit einem »Okay, du kannst über Nacht bleiben« geschlagen.

Wie großzügig, dachte Reagan und biss sich auf die Zunge, damit ihr die ironischen Worte nicht aus dem Mund schlüpften.

Seine Freunde halfen Finn beim Aussteigen und gemeinsam gingen sie zu dem großen Haus hinüber. Knox nahm Finn die Schlüssel aus der Hand und öffnete die schwere Holztür. Finn ging rasch hinein und gab den Code für die Alarmanlage ein. »Seid leise, nicht, dass ihr Mum weckt.«

Der Zwilling namens Ash hob abwehrend die Hände. »Gott bewahre, niemand will den alten Drachen aus seinem Schönheitsschlaf reißen.«

Finn warf seinem Freund einen mahnenden Blick zu. Doch Ash ignorierte ihn und erklärte an Reagan gewandt: »Seine Mutter ist eine grässliche Giftspritze. Der reinste Albtraum.« Doch Reagan war das in diesem Moment egal. Sie war erleichtert, dass sich in diesem Haus außer ihr noch eine andere Frau befand und dass sie nicht mit diesen drei fremden Männern alleine war.

In diesem Moment wurde die Lobby plötzlich in helles Licht getaucht und eine herrische Frauenstimme fragte von oben: »Finn? Finn, bist du das?« Reagan erwartete am Ende der breiten, gewundenen Treppe eine blasierte Frau, doch die Quelle der Stimme blieb ihr verborgen und sie wusste nicht, ob sie darüber nicht insgeheim froh sein sollte.

Ash jedenfalls warf Reagan einen bedeutungsschwangeren Blick zu und mit einem Mal fiel es dieser schwer, nicht zu kichern. Die Situation hatte aber auch etwas Absurdes an sich.

»Ja, Mum, und ich bin nicht allein. Knox und Ash sind bei mir.«

Und ich, dachte Reagan. *Bin ich denn gar nicht erwähnenswert?*

»Ich gehe wieder ins Bett und versuche zu schlafen«, drang die Stimme von oben zu ihnen hinab. »Seid leise.«

»Mensch, hat die einen empfindlichen Schlaf«, murmelte Knox, während sie den Eingangsbereich durchquerten und in ein großzügiges Wohnzimmer gingen.

»Ich bin mal kurz im Bad«, meinte Finn und verschwand. Reagan blieb mit den Zwillingen zurück. Sie sah sich in dem großen Raum um und war beeindruckt. Nein, erschlagen traf es besser. In dieses Wohnzimmer passte ihr Kämmerchen unter dem Dach ein Dutzend Mal hinein und das alte Haus ihrer Tante war vermutlich nur halb so viel wert, wie die Einrichtung dieses Raums. Nervös sah sie sich um.

»Gefällt es dir?«, erkundigte sich Finn, als er wiederkam. Er hatte sich das Blut vom Gesicht gewaschen und sah nicht mehr so angeschlagen aus. Natürlich war seine Nase geschwollen und auch ein wenig blau, doch sonst hatte er, bis auf eine kleine Schürfwunde an der Schläfe, keine Verletzungen davongetragen.

»Was macht dein Zinken?«, fragte Ashton. Reagan schaute zu ihm hinüber. Sie konnte nicht fassen, dass die beiden Männer Zwillinge waren. Vom Verhalten her waren sie so gegensätzlich. Knox war nett und zuvorkommend. Ash hingegen … Sie konnte ihn nicht wirklich einschätzen und er machte sie nervös. Doch das taten Männer, die zu viel tranken, stets. Sie erinnerten sie an ihren Vater und all die Brüllerei und Streitigkeiten, die sie als Kind zwischen ihren Eltern hatte miterleben müssen. Diese hatten sie mehr geprägt, als sie zugeben wollte.

»Dem geht es gut. Keine Atemprobleme. Ist ein glatter Bruch.«

»Bist du jetzt Doktor, oder was?«

»Na ja, ist ja nicht das erste Mal, dass sie gebrochen ist. Ich profitiere in dieser Hinsicht von einem reichen Erfahrungsschatz.«

Knox bemerkte Reagans fragenden Blick und erklärte: »Er war früher mal ein echt guter Kampfsportler.«

»Doch offensichtlich sind diese Zeiten vorbei«, warf Ash provozierend ein. Er strebte die Cognac-Bar an und machte sich einen Drink. Reagan beobachtete, wie er ihn in einem Zug leerte, sich nachschenkte und seine Aufmerksamkeit dann ihnen zuwandte.

»Ihr auch?« Reagan schüttelte den Kopf, während Finn das Angebot annahm. Knox winkte ab.

Reagan ließ ihren Blick erneut durch den opulent eingerichteten Raum schweifen. »Und? Wie findest du es? Gefällt es dir?«

»Die Einrichtung?«, fragte sie Finn. Er nickte. »Nein, die mag ich nicht wirklich«, gab sie zu.

»Meine Mutter hat New Yorks beste Innenarchitektin mit der Einrichtung dieses Hauses betraut.«

Reagan zuckte unbeeindruckt mit den Schultern. »Ich bin eher so der Less-ismore-Typ«, bekannte sie. »Dieses ganze Bling-Bling ist nicht so meins.«

»Wer hätte das gedacht«, erwiderte Finn und ließ seinen Blick über ihren Körper schweifen. Mit einem Mal kam sie sich in ihrer einfachen Kleidung schrecklich deplaziert vor. Sie trug schwarze Jeans, dazu Chucks und ihr Lieblingstop, das ebenfalls schwarz war. Glamourös war anders, aber sie war eben nun einmal keine Schicki-Micki-Tussi und statt Perlenohrringen und einer juwelenbesetzten Kette trug sie lediglich eine Reihe Lederarmbänder ums Handgelenk und eine Kette mit einem Anhänger, auf dem ›Never stop dreaming‹ stand und den ihre beste Freundin Abby, eigentlich Abigail, ihr zum Abschied geschenkt hatte.

»Ich bin müde«, sagte Reagan leise. Sie fühlte sich unter Finns durchdringendem Blick unwohl. Ob Vicky seine Mutter war oder seine Freundin? Warum fragte sie sich das überhaupt? Dieser Typ war so was von außerhalb ihrer Liga. Wer war sie schon?

Ein Mädchen aus einfachen Verhältnissen aus Kalifornien, das es nach dem Tod ihrer Mutter zu ihrer einzigen noch lebenden Verwandten an die Ostküste verschlagen hatte. Bei dem Gedanken an ihre Mutter spürte Reagan, wie sich ihre Kehle zuschnürte. Es war ihr unmöglich, auch nur einen Ton herauszubringen.

»Sie können im Poolhaus bleiben, Reagan.« Finn öffnete die verglaste Schiebetür zur Terrasse, während der angetrunkene Zwilling erneut die Cognac-Bar plünderte.

»Gute Nacht«, sagte Reagan.

»Gute Nacht, Reagan, es war schön, Sie kennenzulernen«, erwiderte Knox. Er warf Reagan ein aufrichtiges Lächeln zu. Nervös nestelte sie an dem Anhänger ihrer Kette herum. Ash hob zum Abschied lediglich die Hand und kippte dann seinen Drink in einem Zug hinunter. *Der Kerl ist echt hart drauf*, dachte Reagan, ehe sie Finn hinaus in die milde Nacht folgte. Er geleitete sie hinüber zum Poolhaus.

»Geht es Ihnen gut?«, fragte sie, nachdem sie eingetreten und alleine waren.

Er nickte. »Es hat mich schon schlimmer erwischt«, meinte er.

»Sie waren bewusstlos«, erinnerte sie ihn. Sie öffnete den unordentlichen Knoten, zu dem sie ihre Haare zusammengefasst hatte und befreite diese aus ihrem Gefängnis. Ihre blonden Locken fielen ihr bis zur Hüfte herab. Sie ignorierte Finns irritierten Blick. Männer reagierten stets auf diese Art und Weise auf ihre unbändige Löwenmähne, weshalb Reagan sie die meiste Zeit verbarg. »Sie sollten Dr. Snow anrufen.«

»Woher kennen Sie Dr. Snow?«

»Ich kenne sie nicht. Die Zwillinge haben sie erwähnt«, bekannte die Sängerin. »Aber ich finde, Sie sollten sich untersuchen lassen. Ihre Nase ist schließlich gebrochen und …«

»Und ich finde, Sie sollten sich einen weniger gewalttätigen Freund suchen.« Reagan lachte belustigt auf. »Was?«, erkundigte Finn sich und klang ein wenig beleidigt. Reagan strich sich eine Haarsträhne aus dem Gesicht und nahm auf einem der Sessel, die herumstanden, Platz. Das Korbgeflecht quietschte, als sie sich setzte, doch sie kicherte noch immer amüsiert. »Was ist so verdammt lustig?«, fragte Finn erneut.

»Sie! Glauben Sie wirklich, dass Ray mein Freund ist?«

»Ist er nicht?«

»Nein, er ist mein älterer Cousin, und bevor Sie versuchen, mich mit dem Rest der Band zu verkuppeln, mit denen bin ich auch verwandt.«

Finn nahm ihr gegenüber Platz und sagte: »Ob Sie es glauben oder nicht: Ich weiß nicht, ob mich das nun beruhigen soll. Zumal einer Beziehung mit einem Cousin oder einer Cousine nichts im Weg steht, soviel ich weiß.«

»Sprechen Sie aus Erfahrung?«, neckte sie ihn.

»Sind Sie immer so frech?«, wollte er wissen.

»Nein, ich bin viel zu brav«, entgegnete Reagan, was absolut der Wahrheit entsprach. Abby hatte mehrfach versucht, ihr etwas Leben einzuhauchen, wie sie es genannt hatte, doch die schwere Krankheit ihrer Mutter hatte Reagan bereits früh erwachsen werden lassen. »Was also auch intime Kontakte mit einem meiner Cousins verhindert. Aber abgesehen davon ist das eine reichlich widerliche Vorstellung, um ehrlich zu sein.«

»Sex?«, erkundigte Finn sich ernsthaft.

Reagan schüttelte den Kopf. »Nein, gegen Sex habe ich nichts.« Sie war zwar nicht sonderlich erfahren, doch die paar Mal, die sie in den Genuss gekommen war, hatte es ihr durchaus Vergnügen bereitet – mal mehr, mal weniger heftig. »Verstehen Sie mich bitte nicht falsch. Ich liebe die Jungs, aber nicht auf diese Weise.« Nun war es an Finn, zu lachen. »Es tut mir unendlich leid, was heute passiert ist«, sagte sie mutlos. »Die drei können solche Idioten sein und

Ray …« Sie schluckte beklommen. »Er hat Probleme.«

»Drogen? Alkohol? Glücksspiel? Frauen?«

Reagan verzog ihren Mund zu einem unglücklichen Lächeln. »Vermutlich ein wenig von allem. Na ja, mit Glücksspiel hat er es nicht so, aber der Rest …« Betreten schaute sie auf ihre im Schoß gefalteten Hände.

»Sie klingen nicht, als wären Sie von hier.«

»Wenn Sie glauben, dass dieser Themenwechsel meine Stimmung heben würde, dann muss ich Sie enttäuschen.« Sie hob ihren Blick und schaute ihm in die Augen. Waren die schon die ganze Zeit über so tiefblau gewesen?

»Tut mir leid«, ruderte Finn zurück. Er erhob sich. »Ich lasse Sie dann mal lieber schlafen. Finden Sie sich zurecht?«

Reagan blickte sich um. »Ja, mit Sicherheit. Ich brauche nicht viel.«

»Gut. Träumen Sie süß, Reagan.«

»Ihnen auch eine gute Nacht, Finn.«

Nachdem sie die Tür hinter ihm geschlossen hatte, atmete sie erleichtert aus. Sie sah sich erneut um. Dieses Poolhaus war schön. Zum Glück war dort nicht die grässliche Innenarchitektin dran gewesen. Reagan machte sich daran, die Räume zu erkunden und fand schließlich das Bad und zwei Schlafzimmer. Sie entschied sich für das mit dem größeren Bett, suchte in den Schränken nach Bettwäsche und wurde auch dabei fündig. Sie bezog Kissen, Decke und Matratze, ging ins Bad hinüber und zog sich aus. Handtücher befanden sich unter dem Waschtisch. Reagan brauchte dringend eine Dusche. Sie fühlte sich gebeutelt und schmutzig. Es war ein furchtbarer Tag gewesen und sie konnte noch immer nicht glauben, dass Ray sie einfach hatte hängen lassen. Er war echt so ein Idiot. Reagan stieg unter die Dusche und spülte all ihren Ärger und Frust ab.

Am nächsten Morgen sah alles schon viel besser aus. Zwar brodelte es noch immer in Reagans Innerem, denn ihr hätte sonst etwas zustoßen können, nachdem die Jungs sie alleine auf dem Parkplatz des Clubs hatten stehen lassen. Doch da sie wusste, wie ihre Tante drauf war, wollte sie im Moment nicht in Rays Haut stecken. Tante Becky würde ihm die Ohren lang ziehen.

Sie kuschelte sich zurück in die Kissen und versuchte nicht daran zu denken, wie sie zurück in die Stadt gelangen würde. Vielleicht konnte sie telefonieren und Tante Becky anrufen. Die würde ihr sicherlich helfen. Doch dann fiel Reagan ein, dass ihre Tante heute lange arbeiten musste. Sie seufzte leise. Ray, diesen Affenarsch, würde sie ganz sicher nicht um Hilfe bitten. Der konnte sich ruhig Sorgen um sie machen, abgesehen davon, war sie auch viel zu stolz, um nun bei ihm angekrochen zu kommen.

Ein Klopfen riss Reagan aus ihren trüben Gedanken und veranlasste sie dazu, aufzustehen. Rasch zog sie sich ihr Shirt über und schlüpfte in ihre Hose. Sie öffnete die Tür und sah sich Finn gegenüber.

»Ich dachte, ich schaue mal nach Ihnen. Schlafen Sie immer so lange?«

»Wie viel Uhr haben wir?«, erkundigte Reagan sich erschrocken.

»Bereits kurz vor zwölf.«

Reagan riss erstaunt die Augen auf. »Oh, mein Gott! Ich habe keine Ahnung, wann ich das letzte Mal so gut und vor allem so lange geschlafen habe«, bekannte sie.

»Das macht die Meeresluft«, erklärte Finn und fragte dann: »Haben Sie Termine?« Er klang besorgt und Reagan, die es nicht gewohnt war, dass sich jemand um sie und ihre Bedrürfnisse kümmerte, schüttelte lediglich verlegen den Kopf. »Haben Sie Hunger? Wollen wir etwas essen gehen?«

»Haben Sie denn keine Pläne für heute?«

»Erst gegen Abend, wenn meine Verlobte aus der Stadt kommt.«

»Vicky?«, erkundigte sie sich, woraufhin Finn nickte. »Nein, hören Sie, ich will Ihnen wirklich keine Umstände machen. Ich müsste bloß mal telefonieren, um zu klären, wie ich nach Hause komme.«

»Reagan, machen Sie sich darum keine Sorgen. Ich nehme Sie nachher mit, wenn ich Vicky abhole. In Ordnung? Bis dahin lassen Sie uns den Tag genießen.«

Sie lächelte schwach, denn Finn klang nicht, als würde er einen Widerspruch dulden. Reagan gab sich geschlagen und gab lediglich zu bedenken: »Ich habe nichts zum Anziehen.«

»Ich hole Ihnen was von Vickys Sachen.« Reagan nickte stumm, setzte sich in einen der Sessel und wartete auf Finns Rückkehr.

Kapitel 3

FINN

Zum Glück war es Finn möglich gewesen, ruhig in den Tag zu starten. Als er nach unten kam, war seine Mutter bereits unterwegs. Wenn er sich recht erinnerte, dann hatte sie am gestrigen Tag etwas von einem Treffen mit einem Komitee, dessen Vorsitz sie führte, erzählt. Es ging um irgendeine Charity-Veranstaltung, wenn ihn nicht alles täuschte, doch seine Mutter war in unzähligen solcher Positionen tätig und er hatte schon lange den Überblick verloren. Zugegeben, es interessierte ihn auch nicht sonderlich, dennoch war er froh, dass sie in diesem Bereich aktiv war und begleitete sie zu diversen Veranstaltungen.

So oder so war es ein Glücksfall, dass sie nicht anwesend war, denn so musste er ihr nicht Reagan vorstellen oder – noch schlimmer – seine Verletzungen erklären.

Seine Nase sah recht gut aus, und man sah die Schwellung kaum, doch die Schürfwunde an seiner Schläfe war etwas anderes. Es würde eine gute Woche dauern, bis die unzähligen kleinen Kratzer, die Gott sei Dank nicht sonderlich tief waren, abgeheilt waren.

Finn arbeitete fast zweieinhalb Stunden, ehe sein Magen knurrte und er beschloss, Reagan zu wecken. Er hatte sich sehr auf seinen freien Tag gefreut. Es war der erste seit einer Ewigkeit und ihn mit Reagan zu verbringen, war nicht das, was er sich gewünscht hätte, doch er konnte sie auch schlecht vor die Tür setzen.

Als sie ihm allerdings die Tür zum Poolhaus öffnete, stellte er fest, dass er mit diesem unkomplizierten Mädchen vermutlich eine gute Zeit haben würde und sein Unmut wich einer verhaltenen Freude. Vielleicht gelang es ihm ja auch, sie davon zu überzeugen, noch einmal mit Tristan zu reden.

Er führte Reagan in die ›Sunseeker Lounge‹ am Yachthafen in Sag Harbor aus.

Sie trug ihr langes wallendes Haar wieder in diesem scheußlichen Knoten, der ihm keineswegs gerecht wurde. Dennoch sah sie in den schicken Klamotten von Vicky sehr hübsch aus. Finn hatte ein weißes sommerliches Kleid gewählt, das bereits seit zwei Jahren ungetragen in Vickys Schrank hing, weil es ihr nur bis knapp unters Knie reichte. Reagan hatte dieses Problem nicht und Finn stellte wieder einmal fest, wie klein die Frau, die ihm nun gegenübersaß, war. Mit der Unterwäsche, die er gewählt hatte, hatte es keine Probleme gegeben, denn auch wenn Reagan mehr Rundungen besaß als seine Verlobte, so war sie noch lange nicht dick.

Was sie jedoch eindeutig war, war lustig. Jedenfalls hin und wieder, es kam auf die Themen an, wie Finn während des Lunchs feststellte. Sobald die Sprache auf die Familie kam, reagierte Reagan sehr zugeknöpft. Anders hingegen, wenn sie über die Musik redeten.

»Und du textest all diese Songs selbst?«, hakte er noch einmal ungläubig nach.

Sie nickte und errötete ein wenig. Er mochte ihre Bescheidenheit. Noch so ein Punkt, in dem sie sich fundamental von Vicky unterschied. Vicky konnte gar nicht genug Aufmerksamkeit bekommen. Sie gehörte zu der Sorte Frau, die ständig auf der Suche nach Bestätigung war und diese auch einforderte.

»Ich mochte ›Faded Dreams‹ unglaublich gerne«, bekannte er. »Der Song hat mich wirklich berührt.«

»So?«, erkundigte sich Reagan skeptisch.

»Ja. Warum so erstaunt?«

Sie nahm einen Schluck Wasser, ehe sie antwortete. »Nun ja, dein Leben sieht nicht wirklich nach zerbrochenen oder verlorengegangenen Träumen aus, wenn ich ehrlich sein darf.« Sie machte eine ausholende Handbewegung und deutete auf den Yachthafen und das Restaurant. »Ich meine, du oder deine Familie, ihr seid offensichtlich reich. Du bist verlobt und arbeitest bei einem angesagten Musiklabel.«

»Oh! Nein, ich arbeite nicht bei ›Atomweight Records‹. Ich bin bloß ein

Freund von Tristan. Ich habe mein eigenes Unternehmen«, erklärte er.

Reagan hob überrascht die Augenbraue. »So? Ich dachte du und Tristan seid Geschäftspartner.«

»Nein, sind wir nicht. Er hat mich nur mitgenommen, um mir zu zeigen, wie sein Job so ist«, flunkerte er. »Und am Ende des Abends musste ich erkennen, dass meiner viel cooler ist. Denn im Gegensatz zu ihm bekomme ich immer, was ich will.«

Reagan lachte und meinte: »Eingebildet bist du ja gar nicht.« Sie stocherte in ihrem Salat herum.

»Hast du bei ihm unterschrieben, oder nicht?«, erkundigte er sich. Bevor Reagan ant-worten konnte, fügte er hinzu: »Du solltest dir die Chance nicht entgehen lassen, Reagan. Solche Möglichkeiten gibt es nicht wie Sand am Meer.«

»Du verstehst das nicht. Die Jungs sind Familie, sie …«

»Du bist um Klassen besser! Du hast Starqualitäten, deine Stimme ist göttlich und deine Texte sind der Hammer. Tristan war maßlos beeindruckt, aber eben nur von dir und nicht von der Band.«

Reagan legte das Besteck beiseite und ließ ihren Blick über den Hafen gleiten. »Ich kann sie nicht einfach hängen lassen …«

»Aber sie dich! Hast du doch gestern gesehen. Verdammt!«, fluchte er. Es ärgerte ihn, dass sie an dieser miesen Band festhielt, wo Tristan ihr ein ganz anderes Leben ermöglichen konnte. »Du vergeudest dein Talent. Wirfst deine besten Jahre weg …«

»Was geht es dich an?«, fragte sie aufgebracht.

Finn presste seine Kiefer fest aufeinander und erwiderte dann zähneknirschend: »Gar nichts! Du hast recht, es geht mich überhaupt nichts an, aber …«

Reagan hob die Hände und sagte: »Spar dir dein aber!«

»Nein, das tue ich nicht. Irgendwer muss dir klarmachen, was du da unbesehen wegwirfst. Vielleicht bist du zu jung, um zu erkennen, was für eine großartige Chance du dir entgehen lässt, doch …«

Mit einem aufgebrachten Schnauben würgte Reagan Finn ab. »Ich bin nicht zu jung. Ich weiß sehr wohl, welch fantastisches Angebot das ist. Ich meine, wir reden hier von ›Atomweight Records‹ und nicht von irgendeinem No-Name-Label.«

»Eben!«

»Finn, ich kann das nicht.« Sie lachte freudlos auf und zu seinem Entsetzen sah Finn Tränen in ihren Augen schimmern. »Die Jungs mögen echt manchmal richtige Idioten sein, aber als ich vor rund einem Jahr – nach dem Tod meiner Mutter – hierherkam, da haben sie mich mit offenen Armen empfangen. Sie und Tante Becky sind die einzige Familie, die ich noch habe. Ich kann das nicht tun. Das wäre so wahnsinnig undankbar ihnen gegenüber, verstehst du das?« Unwillkürlich griff Finn nach ihrer Hand und hielt sie, als die ersten Tränen über Reagans Wange zu laufen begannen.

Ärgerlich wischte sie sie mit ihrer freien Hand beiseite und schnaubte: »Ich bin so eine furchtbare Heulsuse.«

Finn warf ihr einen mitfühlenden Blick zu: »Nein, das bist du nicht. Du hast einen schrecklichen Verlust erlitten und …« Er verstummte. »Ich kann verstehen, dass du ihnen loyal gegenüber bist. Familie ist wichtig!«

Reagan entzog ihm ihre Hand, straffte ihre Schultern und setzte sich aufrecht hin. »Ja, das finde ich auch. Eigentlich wollte ich hier nicht rumjammern, aber ich musste dir die Geschichte erzählen, denn ich wollte nicht, dass du mich für ein naives, junges Dummchen hältst. Ich bin wirklich keine dieser Achtzehnjährigen, die ständig Party macht und ein wildes Leben lebt. Ich lebe für die Musik.«

Bevor Finn ihr versichern konnte, dass ihm das bewusst war, kam der Kellner und fragte, ob sie noch Wünsche hätten. Reagan bestellte noch ein Glas Wasser. Sie aßen schweigend und als der Hauptgang serviert wurde, fragte Reagan: »Meinst du, es macht mich zu einem schlechten Menschen, dass ich darüber nachdenke, deinen Freund anzurufen?«

Finn war erstaunt darüber, dass sie nun doch über eine Solokarriere nachdachte. Zu gerne hätte er gewusst, was in ihrem Kopf vorging und ob seine Worte möglicherweise dazu beigetragen hatten, dass sie ihre Meinung änderte.

»Nein, das denke ich nicht. Ich schätze zwar deine Loyalität, aber ich fürchte, dass die doch sehr einseitig ist. Immerhin haben die Jungs dich gestern, als es hart auf hart kam, im Stich gelassen. Ich finde, du solltest hören, was Tristan dir offeriert. Vielleicht macht er dir ein Angebot, das du nicht ablehnen kannst.« Wieder zuckte ein trauriges Lächeln um Reagans volle Lippen. »Triff dich einfach mit ihm und hör dir an, was er zu sagen hat«, schlug er vor und zückte sein Telefon.

»Was? Jetzt?«

Finn nickte. Ja, genau jetzt, denn sonst würde sie es sich vermutlich wieder anders überlegen. Er musste den Moment nutzen. Reagan besaß ein unglaubliches Talent und er wollte nicht, dass sie es vergeudete. Wenn er schon nicht seine Träume leben konnte, dann doch wenigstens sie. Er suchte Tristans Nummer aus seinen Kontakten heraus und tätigte den Anruf.

»Hey, Mann, was gibt es?«

»Ich sitze hier mit der kleinen Lady von gestern Abend und wir haben noch einmal über dein Interesse an ihr gesprochen.«

»Du meinst die Sängerin?«

Finn grinste. »Von was für einer kleinen Lady redest du denn?« Tristan schenkte sich eine Antwort. »Magst du mit ihr sprechen?« Auf sein rasches »Liebend gerne«, reichte Finn das Luxus-Smartphone, ein Vertu Pure Jet Red Gold, an Reagan weiter. Er lauschte dem Gespräch und vernahm zufrieden, dass die beiden sich für ein Treffen in drei Stunden verabredeten.

Die Zeit bis zu dem Treffen mit Tristan überbrückten er und Reagan mit einem langen Spaziergang am Strand. »Es ist wunderschön hier!«

»Du magst das Meer?«

»Machst du Witze? Ich liebe es!«, erwiderte sie so energisch, dass Finn unwillkürlich über ihre kindliche Freude schmunzeln musste.

»Wenn du Lust hast, könnten wir mal Segeln gehen«, schlug er vor. Das hatte er schon viel zu lange nicht mehr getan, aber es ging nichts über einen Tag auf dem Wasser, um den Kopf freizubekommen. Reagan drehte sich zu ihm herum und sah ihn erstaunt an. »Was?«, erkundigte sich Finn.

»Nichts«, meinte sie mit einem Mal schüchtern. Sie erinnerte ihn mit ihrem Verhalten an gestern Abend.

»Du kannst ruhig sagen, was dir durch den Kopf gegangen ist.«

»Ich frage mich, was deine Verlobte dazu sagen würde, wenn du eine fremde Frau auf dein Boot einlädst.«

Finn lachte und erwiderte: »Du bist doch keine Frau.« Reagans Miene verfinsterte sich schlagartig und er erkannte, dass er einen Fehler gemacht hatte.

»So, was bin ich dann?«, fragte sie.

»So war es nicht gemeint. Es ist nur … Ich meine, du …«, stammelte er hilflos. Egal was er jetzt sagte, er würde es nur noch schlimmer machen. Dennoch entschied er sich für die Wahrheit. »Natürlich bist du eine Frau. Eine wunderschöne noch dazu, aber du bist nun einmal deutlich jünger als ich. Ganze elf Jahre und …« Er sah, wie sie sich auf die Unterlippe biss und es gelang ihm nicht, seinen Blick davon abzuwenden. »… alleine deshalb wärst du keine Bedrohung für Vicky.«

Reagan verdrehte die Augen. »Wow, du bist ja supercharmant. Alleine deshalb wäre ich keine Bedrohung für sie? Und wieso außerdem nicht?« Finn seufzte. Frauen waren echt verdammt gut darin, einem Mann die Worte im Mund herumzudrehen.

»Keine Sorge, war nur Spaß«, meinte sie zu seiner Erleichterung und schmunzelte.

Finn warf ihr einen überraschten Blick zu und sagte dann: »Tut mir leid, dass ich das gesagt habe. Ich bin, was solche Dinge angeht, manchmal schrecklich …« Er suchte einen Moment lang nach dem passenden Wort. »… ungeschickt.«

»Ach, sag bloß«, foppte sie ihn und kicherte beim Blick in sein verwirrtes Gesicht. »Schon okay, ich meine, ich will gar nicht, dass sich deine Verlobte von mir bedroht fühlt oder irgendwer.« Reagan wechselte das Thema, indem sie fragte: »Warum magst du ›Faded Dreams‹ so gerne?«

Die Frage überraschte Finn und erwischte ihn kalt. Es dauerte eine Weile, bis er sich imstande dazu sah, über das zu reden, was er aufgegeben hatte. »Es ist nicht so, als würde ich meinen Job nicht lieben«, begann er schließlich. Er schaute hinaus auf das Meer. »Mir war auch immer klar, dass ich die Firma übernehmen würde.«

»Wolltest du das denn?«

Finn zuckte mit den Schultern. »Es ist ein Familienunternehmen. Na ja, jetzt nicht mehr. Jetzt ist es eine Aktiengesellschaft, aber meine Familie – die übrigens nur noch aus mir und meiner Mutter besteht – ist Mehrheitseigner und ich leite das Unternehmen. Vielleicht hast du schon mal von uns gehört. Westton Lacke und Farben heißen wir und wie der Name verrät, stellen wir Lacke und Farben her.«

»Natürlich«, erwiderte Reagan, wirkte jedoch nicht sonderlich beeindruckt, was Finn angenehm erfrischend fand. Er erinnerte sich noch genau daran, wie er es Vicky erzählt hatte. Sie war ganz aus dem Häuschen gewesen. Tristan war Zeuge ihres Kennenlernens und später hatte er zu Finn gesagt, dass Vicky förmlich die Dollarzeichen in den Augen gestanden hätten. Finn hatte eigentlich nicht vorgehabt, sie daraufhin wiederzusehen, doch das Schicksal hatte seine eigenen Pläne für sie gehabt. Er erinnerte sich noch gut an den Tag, an dem sie sein Herz erobert hatte. Seine Freunde würden sie sicherlich nicht Eisprinzessin nennen, wenn sie wüssten, wie verletzlich Vicky sein konnte. Vor ihm war sie mit einem ziemlichen Idioten ausgegangen. Einem ätzenden Snob namens Greg, der sie nach Strich und Faden belogen und betrogen hatte. Kurz nachdem aus ihnen ein Paar geworden war, hatte Vicky herausgefunden, dass sie nicht die einzige Frau in seinem Leben war. Seit vielen Jahren hatte er eine Freundin, die er mit schöner Regelmäßigkeit betrog und Vicky war lediglich seine jüngste Eroberung gewesen. Ihr hatte das jedoch das Herz gebrochen und genau an diesem Tag, an dem sie davon erfahren hatte, war sie ihm in die Arme gelaufen. Verweint und mit verschmiertem Make-up hatte er gar nicht anders gekonnt, als sie in den Arm zu nehmen und zu trösten und sie hatte es zugelassen. In ihrer Verzweiflung hatte sie ihm ihr Herz ausgeschüttet und bis heute kämpfte Finn dafür, ihr noch einmal so nahezukommen, wie an diesem Tag.

Wochenlang hatte er sich anschließend um ein Date mit ihr bemüht, doch Vicky hatte erst einmal die Nase von Männern gestrichen voll gehabt. Finn hatte sich ordentlich ins Zeug legen müssen, um sie umzustimmen, doch letztendlich war es ihm gelungen und er hatte sich geschworen, sie niemals zu enttäuschen.

Egal, was seine Freunde sagten. Vicky war eine wunderbare Frau und sie war die erste Freundin, die seine Mutter akzeptierte. Sie hatte Vicky sofort in ihr Herz geschlossen und wies ihn immer wieder auf die zahlreichen Gemeinsamkeiten, die ihn und Vicky verbanden, hin.

Finn lenkte seine Aufmerksamkeit zurück auf Reagan, die bedächtig eine Muschel aufhob. Sie schien seinen Blick auf sich zu spüren, denn sie drehte sich zu ihm herum und sagte: »Du hast meine Frage nicht beantwortet. Wolltest du das Unternehmen übernehmen?« Finn schluckte hart und rang mit sich. »Schon okay«, meinte Reagan. »Vorhin als ich dich gefragt habe, ob es okay ist, sich mit Tristan zu treffen, da habe ich mich ganz ähnlich gefühlt.«

»So?«, fragte er zweifelnd.

»Ja, wie ein Verräter. Die Firma zu führen war nie dein Traum, aber du hast dich in dein Schicksal gefügt … der Familie zuliebe, richtig?« Finn nickte. Reagan ging auf ihn zu und blieb dicht vor ihm stehen. Wieder einmal fiel ihm auf, wie klein sie war. Ihre geringe Körpergröße und der unschuldige Ausdruck in ihren Augen weckten in ihm das Bedürfnis, sie zu beschützen. »Wenn du dich ganz frei entscheiden könntest und niemandem Rechenschaft schuldig wärst, was würdest du mit deinem Leben anstellen, Finn?«

»Wow, du gehst ja direkt ans Eingemachte, was?« Reagan lächelte entschuldigend und er brauchte einen Moment, bis sein davon völlig verzücktes Gehirn eine Antwort produziert hatte. »Ich träume davon, über den Atlantik zu segeln und Europa zu erkunden.« Doch daraus würde nichts werden. Er kam nicht aus der Tretmühle, in der er sich befand, raus und selbst wenn, würde Vicky ihm eine Szene machen, die sich gewaschen hatte. Niemals würde sie akzeptieren, dass er wochen-, wenn nicht sogar monatelang fort sein würde. Und mitnehmen konnte er sie nicht, weil ihr auf dem Boot immer schlecht wurde. Sie hasste das Meer und den Sand. Einmal hatte sie zu ihm gesagt, dass sie den Geruch und Geschmack des Salzes in der Luft abstoßend fand. Finn verstand das nicht, denn für ihn gab es nichts Besseres als einen Tag am Strand. ›Life is better at the beach‹ war nicht umsonst einer seiner Lieblingssprüche, nur leider verschlug es ihn, seit er die Firmenführung übernommen hatte, viel zu selten dorthin.

»Das klingt unglaublich gut«, meinte Reagan amüsiert und setzte sich wieder in Bewegung. Sie schlenderten an der

Wasserkante entlang und Finn genoss das Gefühl des feuchten Sandes unter seinen nackten Füßen.

»Und du? Was würdest du tun?«

»Okay, keine Verpflichtungen und alle Mittel?« Finn nickte zustimmend. »Ich hätte ein Haus auf einer tropischen Insel. In Strandlage, mit einem schönen Surfspot vor der Tür. Ich würde jeden Tag zum Wellenreiten gehen und wenn ich nicht im Wasser wäre, dann würde ich Musik machen, Essen und Sex haben.«

Finn lachte. »Mit wem? Einem deiner Cousins?«, fragte er.

Reagan verzog das Gesicht zu einer Grimasse. »Bestimmt nicht! Nein, keine Ahnung. Mit irgendeinem heißen Typen, der weiß, was er zu tun hat und der über genug Ausdauer verfügt, um mich täglich mehrfach zu beglücken.«

»Klingt traumhaft«, meinte er lachend. Er schüttelte kichernd den Kopf. »Wow, das hat mich jetzt ganz schön überrascht.«

»Was genau hat dich überrascht?«, fragte Reagan. »Lass mich raten, das mit dem Surfen!«

Er lachte erneut belustigt auf. »Ja, genau das!«

»Was spricht dagegen, viel Sex zu haben?«, erkundigte sich Reagan und warf ihm einen fragenden Blick zu. Finn konnte nicht glauben, dass er sich mit diesem Mädchen, was auf ihn so zart und unschuldig wirkte, über Sex unterhielt, und zwar so, als wäre es das Normalste der Welt. Vicky vermittelte ihm stets das Gefühl, dass sie ihm einen Gefallen tat, wenn sie ihn ranließ und auch seine Ex-Freundinnen waren nach der ersten Verliebtheit nicht sonderlich fordernd gewesen. Der Mann, den Reagan in ihr Bett ließ, musste ein verdammter Glückspilz sein.

»Es kommt ja nicht auf die Quantität, sondern auf die Qualität an«, meinte er.

»Ach, wenn man viel Sex hat, dann ist man ja im Training. Ist quasi wie beim

Leistungssport«, scherzte sie. »Da spielt man dann halt nicht mehr in der Amateurliga und abgesehen davon, wenn man dreimal am Tag Sex hat, dann sind das in der Woche einundzwanzig Mal.«

»Mathe: Eins plus«, neckte Finn sie.

»Ja, und genau darum geht es jetzt. Wenn du in der Woche bloß zweimal Sex hast …« Finn wünschte sich, er und Vicky würden auf zweimal die Woche kommen. »… dann ist die Wahrscheinlichkeit auf herausragende Erlebnisse bei den einundzwanzig Mal natürlich deutlich höher, als wenn es lediglich zweimal passiert. Verstehst du?« Und ob er das verstand. Was er jedoch nicht verstand, war, warum er plötzlich einen Steifen hatte und seine Kehle sich wie die eines Verdurstenden anfühlte – ganz rau und verdorrt.

Reagan blieb stehen und musterte ihn prüfend. »Ist dir das unangenehm?«, erkundigte sie sich und wirkte aufrichtig betroffen. Hatte sie etwa bemerkt, dass sein

Schwanz sich hart gegen seine Hose drückte? Finn hoffte, dass ihr dies entgangen war.

»Nein, ist schon okay«, versicherte er ihr rasch. »Ich habe nichts gegen Sex.«

»Na ja, das haben ja die wenigsten Leute, aber darüber reden, mögen nun einmal nicht sonderlich viele.«

Finn gab Reagan mit einem knappen Nicken seine Zustimmung. »Das ist wohl wahr. Warum hast du da keine Hemmungen? Ich meine, du bist erst achtzehn Jahre alt und wir kennen uns kaum, also …«

Reagan nickte nachdenklich. »Ja, vermutlich war das unangemessen«, murmelte sie und erklärte dann: »Es tut mir leid. Es ist nur so, dass ich eine ganze Weile lang bei einer Hotline gearbeitet habe.« Finn starrte sie entgeistert an und nun war es an Reagan, zu kichern. »Oh, sorry! Das kam jetzt sicherlich ganz falsch an. Nein, kein Telefonsex. Es war eine Hotline, bei der Teenager anrufen konnten, um Fragen rund um dieses Thema zu stellen. Klar ging es oft um praktische Themen wie Verhütung, aber eben nicht ausschließlich. Oft wurde ich auch gefragt, wie man merkt, ob man verliebt ist oder wie man gewisse Praktiken ausführt.« Finns Kopfschütteln irritierte sie. »Was?«, erkundigte sie sich.

»Du bist …« Er zuckte mit den Schultern. »Echt der Hammer.«

»Wieso?«

»Na ja, wie du darüber redest, so als sei es etwas völlig Natürliches und Selbstverständliches …«

»Finn, es ist etwas völlig Natürliches und Selbstverständliches. Gott, ich weiß nicht wie oft ich genau das am Telefon gesagt habe …« Sie verstummte und trat scheinbar eine gedankliche Reise in die Vergangenheit an. »Ich hatte ganz oft Mädchen am Telefon, denen ich erklären musste, dass ihre Wünsche und Bedürfnisse völlig normal waren. Sie fühlten sich wie Schlampen und bezeichneten sich nicht selten sogar selbst so, weil sie Sex gehabt hatten oder Sex haben wollten. Ich meine, wir leben doch nicht mehr im Mittelalter. Was ist denn schon dabei, wenn eine Frau sich und ihren Körper kennt und das auslebt, wonach sie sich sehnt?«

»Nichts«, erwiderte Finn schlicht.

»Das sehe ich genauso, aber leider ist Sex immer noch ein Tabuthema. Dabei ist nichts daran falsch oder schmutzig. Es ist ein ganz natürlicher Trieb, der auch ausgelebt werden will und solange dies einvernehmlich geschieht, ist es doch egal, in welcher Konstellation das vonstattengeht.«

Finn nickte. Auch in diesem Punkt stimmte er ihr vorbehaltlos zu. Schließlich war einer seiner besten Freunde bi. Finn nahm sich vor, Reagan irgendwann einmal mit Hunter bekannt zu machen. Den beiden würde der Gesprächsstoff so schnell nicht ausgehen. Andererseits würden sie vermutlich nicht zum Reden kommen, denn Finn wusste nur zu gut, dass die Sängerin genau Hunters Beuteschema entsprach, wenn es um Frauen ging. Der Gedanke an Hunter, der Reagan in seine Arme zog und küsste, versetzte Finn aus einem unerfindlichen Grund einen Stich. Nein, vielleicht war es doch besser, sie einander nicht vorzustellen. Reagan war sowieso viel zu unschuldig und brav für einen Typen wie Hunter. Und abgesehen davon war Hunter – wie er selbst auch – viel zu alt für Reagan.

Kapitel 4

REAGAN

Reagan sah aus dem Fenster und versuchte, sich zu beruhigen. Die Landschaft zog an ihr vorbei und sie hätte den Anblick dieser für sie fremden Welt sicherlich genossen, wenn ihr nicht so verdammt schlecht gewesen wäre. Kurz hatte sie den Krabbencocktail, den sie zum Mittagessen gegessen hatte, im Verdacht, doch sie kannte sich und wusste, dass ihre Übelkeit lediglich ihrer Aufregung geschuldet war. Diese empfand sie vor jedem Gig, aber auch vor wichtigen Prüfungen, und das hier, das Gespräch mit dem CEO von ›Atomweight Records‹, war im Prinzip nichts anderes.

Reagan versuchte sich selbst zu beruhigen, indem sie sich sagte, dass sie keinerlei Erwartungen daran hatte und diesen Vertrag im Prinzip auch gar nicht wollte, doch das Problem war, dass das nicht stimmte. Sie wollte ihn. Sie hatte schon immer einen verdammten Plattenvertrag haben wollen und ihn bei einem angesagten, modernen Label wie ›Atomweight Records‹ zu bekommen, war die Erfüllung eines Traums. Sie seufzte leise, denn noch immer kam sie sich wie eine Verräterin vor. Tief in ihrem Inneren wusste sie, dass Finn und Tristan recht hatten. Die ›Dope Dreams‹ – sie fand alleine den Namen völlig bescheuert – waren wirklich nur mittelmäßig und an Tagen wie gestern, an denen ihre Cousins betrunken und bekifft waren, waren sie eben nicht einmal mehr das. Es war nicht so, als besäßen die drei kein Talent, aber was ihnen völlig abging, war der Ehrgeiz, der sie selbst antrieb.

Reagan träumte davon, die Bühnen der Welt zu rocken. Sie träumte davon, ihren Song im Radio zu hören und dieses Haus am Strand und einen tollen Mann an ihrer Seite zu haben, der sie unterstützte und sich liebevoll um sie sorgte.

Sie sah zur Seite. Schade, dass Finn so viel älter und vergeben war. Er war süß. Sie mochte sein Gesicht. Besonders seine lange gerade – wenn auch im Moment etwas geschwollene – Nase und seine tiefblauen Augen hatten es ihr angetan.

»Bist du okay?«, erkundigte er sich und äugte kurz zu ihr hinüber, ehe er sich wieder auf die Straße konzentrierte.

Sie seufzte leise. »Nein, nicht wirklich. Mir ist schlecht«, gab sie zu.

»Soll ich anhalten? Musst du dich übergeben?«

Er klang so besorgt, dass Reagan unwillkürlich schmunzeln musste. »Nein, es ist bloß die Aufregung.«

»Tristan beißt nicht«, versicherte er ihr und fügte einen Moment später hinzu: »Außer du willst es.«

Reagan lachte über seinen Scherz. »Nein, er ist nicht mein Typ.«

»Wer ist denn dein Typ?«

Du, dachte Reagan spontan, konnte jedoch gerade so noch verhindern, dass ihr diese

Antwort über die Lippen ging, denn damit würde sie sich maßlos vor ihm blamieren. Immerhin hatte Finn seinen Standpunkt deutlich gemacht. Er sah in ihr bloß ein Mädchen, dass kaum mehr als ein Kind war, doch da irrte er sich gewaltig. Sie war eine junge Frau, die wusste, was sie wollte … Nun ja, meistens jedenfalls und wieder kehrten ihre Gedanken zu dem Vertrag zurück. Vielleicht war der ja auch völlig inakzeptabel und sie würde ihn sowieso ablehnen, doch alleine deshalb machte es Sinn, Tristan zu treffen.

Tristan Holloway war eine Legende. Bereits als Teenager hatte er ›Atomweight Records‹ gegründet und diverse kleinere Bands unter Vertrag genommen. Sein gutes Gespür für Trends und sein erstklassiger Musikgeschmack hatten ihm zum Erfolg verholfen und heute war ›Atomweight Records‹ ein millionenschweres Unternehmen. In einem Interview, das er vor Kurzem einer der größten Musikzeitschriften auf dem Markt gegeben hatte, hatte er gesagt, dass er niemals einen Musiker unter Vertrag nehmen würde, an den er nicht hundertprozentig glauben würde und dass er auch glauben würde, dass darin das Geheimnis seines Erfolges liegen würde.

Reagan atmete zittrig ein und aus. Es war die Erinnerung an diese Worte, die sie schließlich dazu veranlasst hatte, den Termin mit ihm zu vereinbaren. Denn wenn Reagan ehrlich war, dann hatte es noch nie jemanden gegeben, der an ihr Talent geglaubt hatte, außer sie selbst, und das auch mal mehr, mal weniger stark.

»Du schaffst das!«, sagte Finn just in diesem Moment. Sie löste ihren Blick von ihren im Schoß verflochtenen Händen und sah zu ihm. Seine Augen hatten einen mitfühlenden und warmen Ausdruck und sofort fühlte Reagan sich besser. »Du besitzt eine großartige Begabung und Tristan hätte kein Interesse an dir, wenn es nicht so wäre.«

Reagan schluckte beklommen. »Danke«, meinte sie schlicht. »Ich habe Angst, dass er mir ein Angebot macht, das ich unmöglich ablehnen kann.«

»Das will ich doch schwer hoffen!«, erwiderte Finn und klang dabei so entschlossen, dass Reagan lachen musste. Kopfschüttelnd sah sie wieder zum Fenster heraus. Finn war unmöglich. Warum interessierte es ihn überhaupt, was aus ihr und ihrem von ihm gepriesenen Talent wurde? Es war ja nicht so, als würde er eine Provision kassieren, wenn sie den Vertrag unterschreiben würde, oder doch? Sie überlegte einen Moment, ehe sie ihre Gedanken ihm gegenüber laut äußerte und ihn damit zum Lachen brachte.

»Nicht, dass ich wüsste, aber ewige Dankbarkeit von Tristan Holloway ist natürlich auch nicht zu verachten. Doch das ist gewiss nicht der Grund, weshalb ich es gerne sehen würde, dass du sein Angebot annimmst.«

»Sondern?«, hakte Reagan nach. Sie beobachtete, wie Finn versuchte, sich um eine Antwort zu drücken. Er wand sich regelrecht im Ledersitz seines Lamborghini Huracán LP 610-4 Spyder. »Nun sag schon!«

»Es klingt nur so verdammt mädchenhaft, also lach nicht, okay?« Sie nickte. »Dein Song, also ›Faded Dreams‹, der hat mich wahnsinnig berührt und ich denke, dass es ein Song ist, der auch andere Leute berührt und sie zum Umdenken bringen könnte. Du hast eine Message, Reagan, und ich bin der Meinung, dass du etwas bewegen kannst.« Er verstummte kurz, ehe er hinzufügte: »Du könntest die Welt verändern.«

Nur mühsam konnte Reagan unterdrücken, nach Luft zu schnappen, doch Finns Worte elektrisierten sie völlig. Die feinen Härchen auf ihren Armen und in ihrem Nacken stellten sich auf und es dauerte einen Moment, bis sie fassungslos fragte: »Denkst du das wirklich?«

»Ja!«, erwiderte Finn völlig ernst.

Rund zehn Minuten später parkte er seinen Wagen vor Tristan Holloways Haus, welches in Größe und Pracht dem von Finn in nichts nachstand. Erneut fühlte Reagan sich deplatziert. Sie passte nicht in diese Welt, in denen Menschen an einem einzigen Shoppingtag so viel ausgaben, wie sie in einem ganzen Jahr verdiente. Finn kam, ganz Gentleman, um den Wagen herum und öffnete ihr die Beifahrertür. Er reichte ihr eine Hand und als Reagan sie ergriff und sie sich warm und kraftvoll um ihre Hand schlang, da spürte sie ein Kribbeln in ihrem Bauch.

Keine gute Idee, rügte sie sich. Finn war zum einen deutlich zu alt und zum anderen verlobt. Sich in ihn zu verknallen, egal, wie lieb und süß er auch war, war eine beschissene Idee, die zu nichts als Liebeskummer führen würde und von dem hatte sie erst Anfang des Jahres genug gehabt.

Sie lächelte ihn an und ließ sich dann von ihm zum Eingang der weißen viktorianischen Villa geleiten. Der Weg war mit Natursteinplatten gepflastert und von gepflegten Beeten gesäumt. Ein Gärtner hatte bei dieser Blumenpracht bestimmt viel zu tun, mutmaßte Reagan beeindruckt. Finn klingelte und kurz darauf erschien eine Angestellte in Dienstmädchenuniform, um sie einzulassen.

»Wie schön, Sie zu sehen, Mister Westton.«

»Vielen Dank. Wie geht es Ihrer Familie, Maria?«, erkundigte sich Finn. Reagan nutzte den Moment, um sich in der großzügigen Empfangshalle umzublicken. Das Licht, welches durch das Giebelfenster über der Tür hereinfiel, spiegelte sich auf dem Marmorboden. Trotz des offensichtlich zur Schau gestellten Luxus, herrschte in Tristans Domizil eine angenehme Atmosphäre. Reagan atmete tief durch. Finn legte ihr seine Hand auf den unteren Rücken und sie beide folgten dem Dienstmädchen durch das Wohnzimmer auf die Terrasse hinaus, wo Tristan sie bereits erwartete.

»Wie schön, Sie zu sehen, Reagan«, begrüßte er sie und reichte ihr die Hand. Die Sängerin ergriff sie und schenkte dem Plattenboss einen kräftigen Händedruck. Sie nahm auf dem von Finn für sie zurechtgerückten Stuhl Platz und beobachtete, wie sich die beiden Männer begrüßten. Der knappen Umarmung folgte ein kräftiges Schulterklopfen beiderseits, ehe sie sich zu ihr an den Tisch setzten.

»Wie siehst du denn eigentlich aus, du alter Schwerenöter?«, neckte Tristan seinen Freund.

»Ich hatte gestern Nacht einen unglücklichen Zusammenstoß.«

»Mit Ihnen?«, fragte Tristan sofort an Reagan gewandt. »Was sagt denn Vicky dazu?«

»Immer diese haltlosen Unterstellungen«, erwiderte Finn und klang in der Tat etwas gekränkt. Reagan konnte ihn verstehen, schließlich hatte er sich ihr gegenüber die komplette Zeit wie ein Gentleman verhalten und dass er sie nicht einmal als Frau wahrnahm, sprach Bände. »Ich hole Vicky nachher aus der Stadt ab und nehme Reagan auf dem Weg dorthin mit. Dann werde ich sie fragen, was sie dazu sagt, dass ich einer Frau in Nöten heldenhaft zur Hilfe geeilt bin.«

Tristan wirkte amüsiert. »Erwarte bloß keinen Orden, mein Lieber. Wie ich Vicky kenne, fährt sie direkt ihre Krallen aus, um ihre Besitztümer mit Zähnen und Klauen zu verteidigen.« Verschwörerisch beugte er sich zu Reagan hinüber und sagte: »Sie müssen wissen, dass mein Freund – so gerne ich ihn auch habe – einen zweifelhaften Frauengeschmack hat.«

Finn verdrehte die Augen. »Aber du«, konterte er lahm.

»Mein Interesse gilt im Moment einzig und allein dieser jungen Dame hier und ihrer bezaubernden Stimme.« Reagan errötete und blickte verlegen zur Seite. »Ich bin ehrlich gesagt überrascht, Sie zu sehen.«

Reagan fing sich und erwiderte schlagkräftig: »Ich hatte gehofft, Sie wären erfreut, mich zu sehen, Mister Holloway.«

»Nennen Sie mich Tristan, Reagan, und glauben Sie mir, wenn ich Ihnen versichere, dass ich sowohl erfreut als auch überrascht bin. Woher der Sinneswandel?«, erkundigte er sich.

Maria servierte Getränke und Reagan, die nach dem langen Spaziergang am Strand Durst hatte, war froh, dass sie nicht sofort antworten musste. Sie toasteten einander zu und Reagan nahm erst einmal einen kräftigen Schluck, ehe sie auf Tristans Frage einging. »Finn hat mich überzeugt, dass ein Gespräch mit Ihnen nur von Vorteil sein kann, aber machen Sie sich keine allzu großen Hoffnungen, ich weiß sehr genau, was ich will und bin nicht bereit, faule Kompromisse einzugehen«, bluffte sie.

Tristan lachte. »Das gefällt mir«, meinte er und fügte hinzu: »Glauben Sie mir, wenn ich Ihnen versichere, dass ›Atomweight

Records‹ für seine Kompromisslosigkeit bekannt ist.«

In den darauffolgenden eineinhalb Stunden lauschte Reagan Tristans Ausführungen und Plänen. Er hatte sich gut vorbereitet und machte deutlich, dass sein Interesse absolut aufrichtig und ernst gemeint war. Reagan gefielen seine Ideen und auch, dass er aus ihr nicht etwas machen wollte, was sie nicht war. Stattdessen stellte er von vornherein klar, dass er den Schwerpunkt auf sie als Singer-Songwriterin legen wollte.

»Sie brauchen keine Band, Reagan. Weder die ›Dope Dreams‹ noch irgendeine andere Band. Ich will Sie. Pur, echt und rein. Zugegeben, an Ihrer Bühnenpräsenz müssen wir noch arbeiten, aber ich sehe da durchaus Potenzial.« Er lächelte Reagan aufmunternd an. Ja, und er zeigte einen dementsprechenden Einsatz. Als Reagan jedoch den Vertrag sah, stockte ihr der Atem. Sie versuchte, sich ihre grenzenlose Überraschung nicht anmerken zu lassen, doch dass war bei diesem Deal vergebene Liebesmüh.

»Ich finde, dass Sie das wert sind«, erklärte Tristan Holloway sachlich. »Und ich sehe diesen Vertrag als Investition in die Zukunft.«

»Das ist mehr als fair«, piepste Reagan und sie hoffte, dass ihre Stimme für Tristan und Finn nicht so hoch und schrill klang wie in ihren eigenen Ohren. »Aber ich muss in Ruhe darüber nachdenken.«

»Tun Sie das, Reagan. Ich freue mich, von Ihnen zu hören, wie auch immer Ihre Antwort ausfällt.« Mit zittrigen Knien erhob Reagan sich, schüttelte Tristan zum Abschied die Hand und folgte ihm zusammen mit Finn zur Haustür.

Erst als sie neben Finn im Auto saß und auf dem Long Island Expressway Richtung New York fuhr, fiel die enorme Anspannung von ihr ab. Die Fahrt über schwiegen sie. Reagans Gedanken wirbelten aufgewühlt durch ihren Kopf. Tristan Holloway hatte ihr in der Tat ein Angebot gemacht, das sie nicht ablehnen konnte und mit dem sie sich vorerst keine Gedanken mehr um ihre Zukunft machen musste.

Kurz nachdem sie den Midtown-Tunnel passiert hatten, kamen sie in einen gigantischen Stau und Finn begann nach einem Blick auf die Uhr leise zu fluchen. Es dauerte eine gefühlte Ewigkeit, bis sie an der Unfallstelle, der Ursache für den Stau, vorbei waren und der Verkehr wieder flüssiger lief. »Reagan, es tut mir entsetzlich leid, aber wir müssten erst Vicky abholen. Ich bin bereits eine halbe Stunde zu spät und sie hasst Unpünktlichkeit. Ich weiß, du bist müde und vermutlich von all den Eindrücken erschlagen, aber …«

Sie nickte und sagte: »Schon gut.«

Worte, die sie keine Viertelstunde später maßlos bereute. Vicky war nicht gerade ein Sonnenschein. Im Gegenteil, sie machte keinen Hehl daraus, wie angepisst sie von Finns Verspätung war und als sie Reagan sah, entglitten ihr sämtliche Gesichtszüge. Reagan wunderte sich ein wenig darüber, wie schnell sich diese Frau wieder unter Kontrolle hatte, doch Vicky konnte sie nicht mehr täuschen. Sie war ihr durch und durch unsympathisch.

Als sie später mit Abby telefonierte und ihr alles erzählte, schob ihre Freundin es darauf, dass Reagan scharf auf Finn sei.

»So ein Blödsinn«, erwiderte sie heftig. »Zugegeben, er ist süß, aber er ist steinalt und …«

»Steinalt?«, echote ihre Freundin belustigt. »Er ist gerade mal zehn Jahre älter als du.« Reagan konnte Abby förmlich vor sich sehen, wie sie mit den Augen rollte und sich eine ihrer roten Locken um den Zeigefinger zwirbelte, wie sie das so oft tat. »Wie sieht er denn aus?«

»Gut.«

»Witzig! Genauer geht es nicht, oder wie?«

»Schau doch mal auf die Firmen-Website, wenn du so neugierig bist, da gibt es bestimmt ein Foto von ihm.«

»Wie heißt die Firma noch mal?«

»Westton Lacke und Farben.«

Reagan hörte das Klackern von Tasten und stellte sich vor, wie ihre Freundin im Schneidersitz auf ihrem Bett saß und auf ihrem MacBook Pro herumtippte. Mit einem Mal vermisste sie Abby schrecklich.

»Oh mein Gott!«, stieß diese hervor.

»Scheinbar hast du ihn gefunden«, meinte Reagan und konnte sich ein Lachen nicht verkneifen.

»Scheiße, ist der süß! Und er sieht überhaupt nicht steinalt aus.« Reagan verdrehte die Augen. »Und abgesehen davon, wolltest du doch nach der Sache mit CJ nicht noch mal mit einem Typen in unserem Alter ausgehen.«

»Na ja, unser Jahrgang kann ja nicht nur notgeile, schwanzgesteuerte Schwachköpfe hervorgebracht haben.«

»Da wäre ich mir allerdings nicht so sicher.«

»Adrian?«

»Lass uns nicht drüber reden«, bat Abby.

»Ist es aus?«

»Noch nicht, aber lange gebe ich mir diesen Scheiß nicht mehr. Ständig ist er unterwegs und macht Party. Ich denke schon, dass es da auch andere Mädchen gibt. Natürlich beteuert er, dass er mir treu ist, aber …« Sie verstummte und seufzte leise. Reagan wusste nicht, was sie Abby sagen sollte. Sie hatte den Fehler gemacht, CJ vorbehaltlos zu vertrauen und fühlte sich deshalb im Nachhinein schrecklich dumm. Sie leckte sich unsicher über die Lippe, beschloss dann jedoch, das Thema ruhen zu lassen.

»Okay, aber ich bin immer da, wenn du mich brauchst. Also, wenn du irgendwann drüber reden willst, …«

»… weiß ich, wo du wohnst«, murmelte Abby schwermütig und sagte dann: »Scheißweit weg! Ich vermisse dich heute entsetzlich, Sweets.«

»Ich dich auch, Babe!«

»Komm wieder nach Kalifornien, oder reiß wenigstens diesen scharfen Typen auf und unterschreibe den Vertrag mit dem Label.«

Reagan räusperte sich. »Tja, da gibt es nur ein Problem. Na ja, eigentlich sind es mehrere. Finn ist verlobt und so auf diese Zicke fixiert, dass er mich nicht einmal als Frau wahrnimmt und wegen des Vertrags …«

»Nein, Sweets, was auch immer du wegen dem geilen Kerl machst, ist dein Bier, aber den verdammten Vertrag unterschreibst du!« Reagan öffnete den Mund, um zu widersprechen, doch Abby blaffte: »Ich bestehe darauf und keine Diskussionen. Das ist eine einmalige Chance! Wirf sie nicht wegen diesen drei dämlichen Spinnern weg.«

Reagan rollte erneut mit den Augen. »Ich muss jetzt Schluss machen«, murmelte sie.

Abby seufzte: »Mach keine Dummheiten, Sweets, sonst komme ich rüber und trete dir eigenhändig in deinen dürren Hintern. Denk dran: Lebe deine Träume, Süße! Ich habe dich lieb!«

»Ich dich auch.«

Reagan bereitete das Abendbrot vor und wartete auf ihre Familie. Cole kam als erstes nach Hause. »Hey, wieder da?«

»Ich bin wie so ein Hund, den kannst du auch überall aussetzen und der findet den Weg heim. Manchmal brauchen die Viecher zwar Monate, aber irgendwann hocken sie auf der Fußmatte und wollen wieder rein.«

»Du bist ziemlich sauer!«, stellte Cole fest. Reagan warf ihm einen Blick zu, der sagen sollte: Wundert-dich-das?

»Wer ist sauer?«, kam es von Ray, der just in diesem Moment die Küche betrat. »Ah, die Prinzessin ist wieder zurück. Na dann: Herzlich Willkommen!« Er klang verächtlich und Reagan hatte gute Lust, ihm mit dem nackten Arsch ins Gesicht zu springen. »Und, hast du mit diesem Plattenboss gevögelt, damit er dich unter Vertrag nimmt?« Reagan zeigte ihm den Finger und schenkte sich einen Kommentar.

»Hast du unterschrieben?«, fragte Cole. Er klang eher neugierig als angepisst. Reagan schüttelte den Kopf. »Redest du noch mit uns?«

»Weiß ich noch nicht. Ich bin echt stinkig, weil ihr mich da alleine gelassen habt. Mir hätte sonst was passieren können.«

»Ist es aber nicht, oder haben dich diese reichen Säcke angetatscht, Reagan?«

Sie schnaubte verärgert. »Nein, Cole, haben sie nicht, aber das wusstet ihr nicht. Ihr habt mich einfach im Stich gelassen und das ist echt Scheiße. Was habt ihr eigentlich Tante Becky gesagt?«

»Na, dass du einen heißen Typen kennengelernt hast und die Nacht mit ihm verbracht hast, was sonst.«

Reagan funkelte Ray wütend an. »Du bist so armselig, Ray. Was denkt sie jetzt bitte schön über mich?«

»Na, dass du für irgendeinen Typen, denn du kennengelernt hast, die Beine breit gemacht hast – was sonst?«

»Fick dich!«, zischte sie und wandte ihre Aufmerksamkeit den Töpfen zu.

»Vielleicht hättest du es tun sollen. Vielleicht hättest du dann jetzt deinen Vertrag in der Tasche.«

Reagan schenkte sich jeden weiteren Kommentar, doch das provozierte Ray noch mehr. Er stellte sich direkt neben sie und Reagan konnte seine Fahne riechen. Er stank ekelerregend nach Alk. »Du bist betrunken«, stellte sie fest.

»Und du bist eine frigide Zicke, die nicht weiß, wann sie den Mund zu halten hat.« Er packte sie grob am Arm. Reagan warf einen hilfesuchenden Blick in Coles Richtung, doch der tat, als würde er von den Streitereien nichts mitbekommen.

»Was ist hier los?«, hörte Reagan Tante Beckys Stimme. Erleichtert atmete sie auf.

Ray ließ sie los und behauptete: »Ich wollte wissen, wo sie sich rumgetrieben hat, aber sie rückt nicht mit der Sprache raus.«

Reagan schüttelte fassungslos den Kopf. »Ray ist betrunken, wie gestern Nacht auch, und ich war zu deiner Info nicht bei irgendeinem Kerl – die Jungs haben mich, nachdem sie in eine Schlägerei geraten sind, einfach auf dem Parkplatz vor dem Club stehen lassen.«

Cole warf ihr einen eisigen Blick zu und Ray zischte ihr ein »Petze!« ins Ohr. Tante Becky blickte ihre Söhne an und fragte dann: »Ist das wahr?«

Die beiden leugneten die Tatsache und Reagan war sich nicht sicher, wem ihre Tante Glauben schenkte. Tante Becky bedachte sie mit einem prüfenden Blick. »Hast du meine Bluse von der Reinigung abgeholt?«

»Nein, ich …«

»Reagan, ich habe dir deshalb extra eine Nachricht geschickt.« Sie klang enttäuscht.

»Ich hatte mein Handy nicht. Es war zusammen mit meiner Tasche im Bus, als die Jungs mich haben stehen lassen.«

»Was für einen Mist erzählst du schon wieder, du verlogene Kuh!«, grollte Ray.

»Dann hattest du auch kein Geld? Wie bist du hierhergekommen?« Reagan verdrehte die Augen. Sie wusste genau, was Tante Becky da tat und sicherlich war an ihr ein Verhörspezialist verloren gegangen. Doch da Reagan nichts zu verbergen hatte, erwiderte sie: »Der Typ, dem Ray gestern die Nase gebrochen hat, hat mir Unterschlupf für die Nacht gewährt und mich dann netterweise in die Stadt gefahren.«

»Wann bist du heimgekommen?«

»Gegen 18 Uhr.«

»So spät? Was habt ihr gemacht?«

»Sicherlich hat sie sich von diesem reichen Kerl vögeln lassen.« Ray ignorierte den vorwurfsvollen Blick seiner Mutter.

»Ich habe ausgeschlafen, wir sind essen und spazieren gegangen und haben dann gegen fünfzehn Uhr einen Freund von ihm getroffen, der Interesse an mir als Musikerin hat. Er ist der CEO von ›Atomweight Records‹ und sie haben mir einen Vertrag angeboten. Ich kann ihn gerne holen, er liegt oben in meinem Zimmer. Das war auch der Grund für den Streit. Sie wollen mich, aber nicht den Rest der Band und das konnte Ray nicht sonderlich gut verkraften.«

Tante Becky stieß frustriert die Luft aus. »Wie konntest du sie bloß mitten in der Nacht alleine auf dem verdammten Parkplatz vor dem Club stehen lassen?«, fauchte sie ihn unvermittelt an.

»Ich habe gar nichts gemacht! Sie lügt! Cole, sag doch auch was«, forderte Ray seinen jüngeren Bruder auf. Dieser öffnete den Mund, doch ein einziger strenger Blick seiner Mutter genügte, um ihn wieder zum Schweigen zu bringen.

»Was ist dein verdammtes Problem, Ray!«, keifte Tante Becky ihren ältesten Sohn an. »Reagan hätte sonst etwas passieren können.

Ein Club, betrunkene Männer, ein hübsches junges Mädchen …«

»Na ja, dann hätte sie wenigstens Mal Sex …« Reagan starrte ihn fassungslos an, sie war unfähig, ein Wort herauszubringen, anders Tante Becky. Mit zwei raschen Schritten war sie bei Ray und gab ihm eine saftige Ohrfeige. Reagan zuckte bei dem Geräusch, einem lauten Klatschen, heftig zusammen.

»Wag es nicht, so etwas noch einmal zu sagen! Du hast keine Ahnung, was das bedeutet. Entschuldige dich bei deiner Cousine und zwar auf der Stelle.«

Rays Augen waren vor Überraschung geweitet, seine Hand schnellte zu seiner Wange und er betastete die Stelle, wo ihn seine Mutter getroffen hatte. Finster starrte er Reagan an und blökte: »Den Teufel werde ich tun. Die kann mich mal, diese dumme Kuh.«

Er wirbelte herum und marschierte wütend aus der Küche. Cole erhob sich und folgt seinem Bruder hinaus. Kurz darauf war das Aufheulen des Motors zu hören und die beiden brausten davon.

In der Küche kehrte Stille ein. Reagan erinnerte sich an das Chili auf dem Herd. Rasch regelte sie die Temperatur herunter. *Zu spät*, dachte sie, als sie beim Umrühren bemerkte, dass Teile des Inhalts bereits am Boden des Topfes hefteten. »Mist«, fluchte sie.

»Nicht schlimm, Liebes.« Tante Becky seufzte matt. »Ich frage mich wirklich, was ich bei Rays Erziehung verkehrt gemacht habe. Es tut mir so leid, dass sie sich so unmöglich benommen haben und damit meine ich gestern und heute. Ich bin bloß heilfroh, dass dir nichts passiert ist.« Reagan nickte. »Dir ist doch nichts passiert, oder?«, hakte Tante Becky nach.

»Nein, es ist alles okay. Ich meine, eigentlich müsste ich Ray dankbar für die Aktion sein, denn vorher habe ich nicht im Traum daran gedacht, das Angebot anzunehmen.«

»Und jetzt?«

Reagan seufzte. »Ich habe den Jungs gegenüber ein schlechtes Gewissen, dass ich es überhaupt in Erwägung ziehe.«

»Das brauchst du nicht. Sie alle drei sind faule Hunde. Das haben sie von ihrem Dad. Carl hatte es auch nicht so mit Disziplin und Fleiß. Aber du bist anders, Reagan. Das ist dein großer Traum. Ich finde, du solltest diesen Schritt wagen … vorausgesetzt natürlich, der Vertrag ist gut.«

»Er ist mehr als das, Tante Becky«, erwiderte Reagan mit Tränen in den Augen. »Er ist … ja, er ist eine einmalige Chance.« Sie biss sich auf die Unterlippe und nickte bekräftigend.

»Dann tue es, Schätzchen! Nutze deine Möglichkeiten und mach dir keine Gedanken um diese Idioten. Die fallen immer wieder auf die Füße. Auch das haben sie von ihrem Dad.«

Reagan lächelte mitfühlend. »Danke, Tante Becky.«

»Immer gerne, Schätzchen«, erwiderte diese und zog Reagan in eine herzliche Umarmung.

Kapitel 5

FINN

»Ach, es ist doch nicht nur wegen dieser Kleinen, die du da angeschleppt hast«, fauchte Vicky.

Finn stieß genervt die Luft aus. »Vicky, ich bitte dich. Was hätte ich denn tun sollen? Sie auf dem Parkplatz des Clubs verrotten lassen?«

»Warum nicht? Es hätte sich ja irgendwer anderes um sie kümmern können.«

Finn biss sich auf die Unterlippe. »Sie ist gerade mal achtzehn. Sie wurde tätlich angegriffen und …«

»… hat dich da mit reingezogen. Du hast dich mit einem anderen Kerl um dieses Flittchen geprügelt.«

Finn trat auf die Bremse, weil die Ampel vor ihm auf rot gesprungen war. Er versuchte seinen Ärger abzuschütteln. Vickys haltlose Vorwürfe gingen ihm auf die

Nerven, ebenso der zähfließende Verkehr und wenn er ehrlich war, dann wurmte es ihn, dass seine Verlobte Reagan als Flittchen bezeichnet hatte. Die Sängerin war der Inbegriff der Unschuld. Allein, wenn er an den verletzten und traurigen Ausdruck in ihren Augen dachte, sobald das Gespräch auf ihre Familie gekommen war, zog sich ihm das Herz zusammen.

»Der Typ war kein Verehrer, sondern ihr Cousin und ich habe auch kein Interesse an ihr. Sie ist viel zu jung.«

»Das sagst du jetzt. Ich werde dich darauf festnageln, wenn du mich irgendwann gegen eine Jüngere austauschst.«

Finn schnaubte abfällig. »Das würde ich nie tun«, versicherte er ihr.

»Ich weiß genau, wie Männer ticken und …«

»Vicky, das ist nichts als ein mieses Klischee«, versicherte er ihr ernsthaft.

»Tja, du vergisst wohl, dass meine Eltern ein wandelndes Klischee sind und Greg …«

»Greg war ein mieses Arschloch! Und ich bin nicht wie er oder dein Dad. Das solltest du inzwischen wissen, Vicky.«

»Ich habe gesehen, wie die kleine Schlampe dich angeschaut hat. Sie war scheißunfreundlich zu mir. Aber was kann man von einer, die aus Ocean Hill Brownsville kommt, schon erwarten. Das sagt doch alles!«

Finn griff nach Vickys Hand. »Du warst auch nicht gerade nett«, rügte er sie sanft. »Und nur zu deiner Info. Reagan lebte bis zum Tod ihrer Mutter in L.A.«

»Vermutlich auch da in einem ähnlichen Assiviertel. Ich kann mir diese blöde Kuh beim besten Willen nicht in Beverly Hills vorstellen.«

»Blöde Kuh, Schlampe und Flittchen? Was ist eigentlich los mit dir? So kenne ich dich gar nicht!«

Vicky funkelte ihn wütend an. Tränen des Zorns standen in ihren Augen. »Ich war wütend, weil du zu spät warst. Du weißt, wie respektlos ich es finde, wenn du mich warten lässt und dann sitzt auch noch dieses kleine Miststück in deinem Wagen und wirft dir Blicke zu, als wärst du ein verdammter Gott.«

»Du siehst Gespenster!«

»Blödsinn! Sie hat dich ganz offensichtlich angeschmachtet.« Finn verdrehte die Augen und Vicky sagte: »Finn Westton, ich weiß genau, dass du hinter den dunklen Gläsern deiner Sonnenbrille mit den Augen rollst.«

»Vicky, mein Schatz, selbst wenn sie mich ein wenig angehimmelt hätte – und ich sage nicht, dass sie es getan hat – dann wäre mir das nicht aufgefallen.«

Vicky drückte seine Hand, die auf dem Schaltknüppel lag. »Das ehrt dich, Liebling, aber ich will trotzdem nicht, dass du sie wieder triffst«, erklärte sie bestimmt.

Obwohl Finn darauf hoffte, denn sicherlich würde er sie wieder treffen, wenn sie den Vertrag bei Tristans Label unterschrieb und nach wie vor wollte er, dass sie genau das tat.

Nachdem er eine Woche lang nichts von Tristan gehört hatte, rief Finn ihn an. »Mensch, Alter, was verschafft mir die Ehre?«

»Ich will mich mit dir auf ein Bier treffen«, erwiderte Finn.

»Und das lässt Vicky zu? Hast du Ausgang wegen guter Führung?«

»Sei kein Arschloch, Holloway. Vicky ist für ein paar Tage in Florida und ich habe Sehnsucht nach dir.«

Tristan lachte. »Du willst doch bloß wissen, ob die Kleine unterzeichnet hat.«

»Und, hat sie?«, fragte Finn. Er dachte gar nicht daran, seine Beweggründe zu leugnen oder sich für sie zu rechtfertigen.

Tristans Lachen drang erneut durch den Hörer zu ihm. »Du stehst auf sie«, warf er Finn vor.

»Das tue ich nicht.«

»Belüg mich nicht, Bro! Wir waren all die Jahre ehrlich zu einander, also fang jetzt nicht mit so einem Mist an.«

Finn schluckte trocken. Ja, seit er Reagan vor dem Haus ihrer Tante in dem ärmlichen Viertel abgesetzt hatte, ging sie ihm nicht aus dem Kopf. Allerdings lag es, anders als Tristan annahm, nicht daran, dass er auf sie stand – denn das tat er ganz gewiss nicht. Schließlich war er mit Vicky verlobt. Doch selbst wenn er es nicht wäre. Reagan war deutlich zu jung für ihn. Sie war fast noch ein Kind.

»So ist es nicht, Tristan. Ich mache mir nur Sorgen um sie. Ich will, dass sie das Richtige tut und sich nicht selbst im Weg steht. Warum darf mir das Wohl eines Mitmenschen nicht am Herzen liegen? Warum muss es dafür, dass ich es gut mit einem anderen meine, immer niedere Gründe geben?«, ereiferte Finn sich.

Tristan stieß einen leisen Pfiff aus. »Alter, das ist echt eine nette Ansprache und ich würde dich am liebsten bitten, sie zu wiederholen, damit ich ein Diktiergerät mitlaufen lassen und sie für die Nachwelt konservieren kann, aber was Reagan betrifft, verfolgst du keine altruistischen Ziele. Nein, du bist scharf auf sie und mir ist klar, dass du dir das wegen der Eisprinzessin nicht eingestehen kannst, aber so ist es.«

Resigniert beschloss Finn, Tristan einfach glauben zu lassen, was dieser wollte. Er wusste schließlich, wie die Dinge wirklich waren. Ja, Reagan war ein tolles Mädchen, gar keine Frage. Sie war tiefgründig und dennoch witzig, verfügte über ein unglaubliches Talent und eine göttliche Stimme und sie war in ihrer Unschuld ganz hinreißend und bezaubernd, aber sie passte definitiv nicht in sein Beuteschema.

»Willst du mir ernsthaft erzählen, dass du die süße kleine Miss Sweets von der Bettkante stoßen würdest, wenn es keine Verlobte gäbe?«

»Die gibt es aber nun einmal …«

»Aha! Und wenn es sie nicht gäbe, dann würdest du dich an die Kleine ranmachen.« Als Finn schwieg, sagte Tristan: »Komm schon, jeder Mann, der Augen im Kopf hat und nicht schwul ist, würde versuchen, bei ihr zu landen. Also gib es ruhig zu. Da ist nichts dabei.«

Finn seufzte leise. »Okay, unter diesen Umständen würde ich vermutlich einen Versuch wagen«, räumte Finn ein.

»Na siehst du, war doch gar nicht so schwer«, flachste Tristan. »Aber zurück zu deinem eigentlichen Anliegen. Nein, ich kann mich heute nicht mit dir treffen, denn ich habe eine Verabredung mit deiner Angebeteten.«

Einen Moment dachte Finn verwirrt, dass Tristan sich mit Vicky treffen würde, dann dämmerte ihm, dass sein Freund Reagan meinte. »Dann richte Miss Sweets liebe Grüße von mir aus und sollte sie sich weigern, zu unterschreiben, dann sag ihr, dass ich gesagt habe, dass sie es tun soll.«

Tristan lachte. »Mache ich, Kumpel. Wir hören uns.«

Doch eine ganze Weile hörte Finn nichts von Tristan. Mehrfach versuchte er ihn zu erreichen, schließlich interessierte es ihn brennend, ob der Vertragsabschluss zustande gekommen war.

Ende des Monats erlebte Finn dann auf einem Charity Event, das seine Mutter ausgerichtet und auf das Vicky ihn gezwungen hatte zu gehen, eine angenehme Überraschung.

Im Anschluss an das Dinner betrat Reagan die Bühne. Sie trug ein kurzes, pailettenbesetztes Kleid in Aquamarin und setzte sich mit einer Girtarre auf einen Barhocker, der hinter einem Mikrofon stand. Den rechten Fuß, der in mörderisch hohen High Heels steckte, hakte sie in die Strebe des Hockers ein und legte die Gitarre auf ihrem Schenkel ab. Das Kleid war durch diese Haltung etwas nach oben gerutscht und Finn fragte sich unwillkürlich, warum ihm bis dahin Reagans schlanke Beine nicht aufgefallen waren. Er starrte sie gebannt an, bis Vicky zischte: »Hör auf zu sabbern!«

Finn drehte sich zu seiner Verlobten um. Er war gerade im Begriff, ihr zu sagen, dass es sich bei der Sängerin um Reagan handelte, als ihm einfiel, dass das keine gute Idee war. Stattdessen trank er einen Schluck Wein und richtete seine Aufmerksamkeit wieder auf die Bühne.

Reagan räusperte sich und sagte dann: »Liebe Gäste, ich freue mich außerordentlich, heute Abend hier zu sein. Meine Anwesenheit ist Mister Holloway geschuldet, sollten Sie sich also beschweren wollen, dann bitte direkt bei ihm.« Allgemeines Gelächter flammte auf und Reagan wartete bis es abgeebbt war. »Mein Name ist Reagan Sweets und ich habe die Ehre, heute Abend meinen neuen Song vortragen zu dürfen. Ich denke, dass er sich gut in das Programm fügt, zumal er ganz im Sinne des heutigen Abends steht. Aber Sie wollen mich ja nicht reden hören, sondern singen und deshalb tue ich das jetzt einfach.«

Reagan schloss die Augen. Finn konnte sehen, wie sie sich konzentrierte und bewusst atmete, ehe sie zu spielen begann. Nach einem kurzen Intro begann sie zu singen und als der erste Ton ihre Lippen verließ, verstummten abrupt auch die letzten Gespräche im Saal.

Du sagtest, ich sei imstande, die Welt zu verändern
und ich frage mich, ob wir das nicht alle sind.
Ich denke jeder von uns kann seinen Beitrag dazu leisten
aus diesem kalten, hässlichen Ort einen besseren zu machen
Denn letztendlich ist das Leben schön, oder nicht?

Du sagtest, ich sei imstande, die Welt zu verändern
und ich sage, dass das jeder von uns kann.
Wir müssen nur anfangen, mehr Rücksicht zu nehmen und
aufhören, über andere zu urteilen, nur weil sie nicht sind wie
wir selbst, doch wer ist das schon?

Du sagtest, ich sei imstande, die Welt zu verändern,
doch manchmal bezweifle ich das,
denn wie könnte mir alleine das gelingen?
Ich schaue die Nachrichten und sehe all den Krieg und Hass.
Tote liegen auf den Straßen dieser Welt und ich frage mich,
wie kann man diesen Wahnsinn beenden?

**Du sagtest, ich sei imstande die Welt zu verändern,
doch dann sehe ich all das Leid und die namenlosen Leichen
und ich frage mich, was ich ausrichten kann, doch dann
denke ich an dich und dein Vertrauen in mich
und ich weiß, ich bin nicht allein.**

**Du sagtest, ich sei imstande, die Welt zu verändern
und ich glaube, du hast recht.
Ich glaube aber auch, dass es jeder kann,
also fangen wir doch heute damit an.
Lasst uns diese Welt mit Liebe und Respekt fluten und
dem Hass und der Gewalt entschlossen entgegentreten.
Lasst uns eine bessere Welt schaffen.
Eine Welt voller Respekt, Licht und Liebe.**

Finn vernahm die Stimme seiner Mutter zu seiner Linken. Sie tuschelte mit Vicky und sagte gerade: »Das wäre ja noch schöner. Am Ende erzählt die Kleine uns noch, dass wir alle gleich sind.« Sie gab ein belustigtes Schnauben von sich. »Aber was will man von so einer schon erwarten. Sie gehört nicht hierher. Weiß der Teufel, was der junge Holloway in ihr sieht.«

»Mich hat das jetzt auch nicht vom Hocker gehauen«, stimmte Vicky ihrer

Schwiegermutter in spe zu. Der Applaus, der aufbrandete, nachdem Reagan ihren Song beendet hatte, widersprach ihrer Einschätzung jedoch. Einige Leute erhoben sich sogar und es gab sogar zwei Pfiffe und Zugaberufe, was für eine Veranstaltung dieser Art wirklich ungewöhnlich war.

Finn ignorierte die gehässigen Kommentare seiner Verlobten und seiner Mutter und betrachtete Reagan, die sich beim Publikum bedankte und dann von der Bühne schritt. Er sah, wie sie von seinem Freund am Rande der Bühne in Empfang genommen wurde und kurz donnerte ein übelkeitserregendes Gefühl durch ihn hindurch, als er sah, wie Tristan Reagan in seine Arme zog und drückte.

So viel zum Thema, er schläft nicht mit den Mädchen, die er unter Vertrag nimmt, dachte Finn bitter. Er war nicht nur von Tristan enttäuscht, sondern auch von Reagan. Er hatte angenommen, dass sie mehr Klasse besäße, denn so eine Verbindung hatte doch immer einen schalen Beigeschmack und sie wollte sich sicherlich nicht nachsagen lassen, dass sie sich nach oben geschlafen hatte.

Er erhob sich, entschuldigte sich bei seiner Mutter und Vicky und ging zu der Sängerin und seinem Freund hinüber. Auch wenn ihm nicht der Sinn danach stand, Begeisterung über die neue Beziehung von Tristan zu heucheln, so würde er doch um diesen Schritt nicht herumkommen, also konnte er es auch gleich hinter sich bringen.

»Reagan«, begrüßte er das Mädchen, das in diesem engen Kleid und auf den hohen Schuhen erschreckend attraktiv aussah. »Du warst toll.«

Zu seiner Überraschung begrüßte sie ihn mit Küsschen links, Küsschen rechts und schaute dann zu ihm auf. Ihre Augen funkelten und sie war noch völlig überdreht von ihrem Moment auf der Bühne. Sie strahlte eine derart kindliche Freude aus, dass Finn ganz warm ums Herz wurde.

»Ein tolles neues Lied«, sagte er und meinte es auch so. Erneut hatte sie ihn berührt und nicht nur ihn, wie er an den umstehenden Menschen sah. Sie war wirklich großartig gewesen und Tristan, der ihr just in diesem Moment einen Arm um die Taille legte, schien vor Stolz zu platzen.

»Du hast mich zu dem Song inspiriert«, verriet Reagan Finn.

Tristan beugte sich zu Reagan herüber und flüsterte ihr etwas ins Ohr. Sie kicherte amüsiert.

»Wir sehen uns gleich, Mann, ich muss nur schnell noch mal weg«, verabschiedete sich sein Freund und einen Moment lang hatte Finn das Gefühl, sein Freund würde ihm aus dem Weg gehen. Reagan wurde von der Seite her von einem älteren Mann angesprochen und nahm dankend dessen Kompliment zu ihrem Auftritt entgegen, ehe sie sich wieder Finn zuwandte.

»Du und Tristan also«, meinte Finn und verspürte erneut dieses grässliche Gefühl in seinem Bauch, das er nicht einordnen konnte.

»Ja, ich und Tristan«, erwiderte Reagan vergnügt. Tristan war doch ebenfalls viel zu alt für sie. Sie war jung und wahnsinnig hübsch und, so wie sie heute aussah, verdammt sexy, wenn man es genau nahm. Finn bemühte sich um ein Lächeln, auch wenn ihm gar nicht danach war. Was hatte Tristan, dieser Esel, sich nur dabei gedacht? Er konnte doch unmöglich glauben, dass es in Ordnung war, ein junges Ding wie Reagan zu verführen. Hatte er denn gar nicht daran gedacht, was für Auswirkungen das auf ihre Karriere haben würde? Der Eindruck, den sie durch eine Beziehung oder Affäre, oder was auch immer sie beide verband, vermittelten, war keinesfalls zu Reagans Vorteil.

»Und, läuft es gut?«

Ihre Augen leuchteten begeistert als sie erwiderte: »Ja, es ist fantastisch. Ich bin so froh, dass du mich überredet hast, sein Angebot anzunehmen. Er fördert und unterstützt mich nach Leibeskräften. Ich meine, natürlich ist das sein Job, aber ich finde, dass er sich gewaltig ins Zeug legt. Das ganze Team von ›Atomweight Records‹ tut es und ich war noch nie so glücklich. Ich liebe es, hier am Meer zu leben und jeden Tag Musik zu machen. Okay, es fehlen die tropischen Temperaturen und ein Surfspot direkt vor der Haustür, aber es ist ein Anfang und Montauk ist schließlich nicht ewig weit weg.«

Ein Kellner kam herbei und bot ihnen Getränke an. »Champagner?«, fragte Finn und erkannte im nächsten Moment, was für ein Idiot er doch war. Reagan durfte schließlich noch nichts trinken, denn sie war zu jung. Zu jung für Alkohol, Glücksspiel und erst recht zu jung für Tristan Holloway. Wut machte sich in Finn breit.

»Ich nehme ein Wasser oder einen Orangensaft«, sagte Reagan.

»Gerne doch«, erwiderte Finn und versuchte, sich seinen Ärger nicht anmerken zu lassen. Reagan war so ein liebes, vernünftiges Mädchen, er wollte nicht glauben, dass sie so dumm gewesen war, sich auf Tristan einzulassen.

Finn nahm die Getränke vom Tablett und reichte Reagan ein Wasserglas. Sie stießen miteinander an. »Auf deinen Erfolg«, sagte er.

»Auf unser Wiedersehen«, erwiderte sie.

Sie tranken einen Schluck und Finn versuchte die Frage, die ihm auf der Zunge lag, mit dem Champagner hinunterzuspülen, doch es wollte ihm nicht gelingen.

»Du lebst also nicht mehr bei deiner Tante?«, erkundigte er sich.

Reagan sah ihn irritiert an. »Nein, hat Tris denn nichts erzählt?«

»Wir hatten wenig Kontakt in letzter Zeit«, räumte Finn ein. Vermutlich weil Tristan genau wusste, dass Finn ihm gehörig ins Gewissen reden würde. Er erinnerte sich noch genau an den Abend im Club, als Tristan ihm versichert hatte, dass er nie etwas mit Frauen anfängt, die er unter

Vertrag nahm. Dieser elende Lügner! Und wie dämlich war das denn? Das schrie ja geradezu nach einer Klage wegen sexueller Belästigung am Arbeitsplatz, oder wie es in diesem Fall auch immer heißen würde. Von Hunter wusste er ja, dass dieser regelmäßig seine Angestellten vögelte, aber Hunter war auch ein sexgeiler Idiot, der nur mit seinem besten Stück dachte. Ob er wollte oder nicht, Finn war enttäuscht von Tristan. Er hatte ihn für integer und verantwortungsbewusst gehalten, doch er hatte sich geirrt.

»Ich wohne bei ihm«, sagte Reagan just in diesem Moment und zog Finn damit völlig den Boden unter den Füßen weg. »Er hat ein Studio im Haus und von daher wäre es Blödsinn in der Stadt zu sein, zumal Tristan im Moment Zeit für sich braucht.«

»Warum? Was ist mit ihm?«, erkundigte sich Finn besorgt.

»Nichts«, versicherte ihm Reagan rasch, »er braucht nur einfach mal eine Auszeit von all dem Stress und Lärm.«

»Finn, Darling, hier steckst du«, zwitscherte Vicky, ehe Finn nachhaken konnte, was mit Tristan los war. Er schaute zu seiner Linken und sah, wie Vicky und seine Mutter auf ihn und Reagan zukamen.

»Sei doch so gut und stell uns deine kleine Freundin vor, Finn«, meinte seine Mutter. Er sah zu Reagan, der der abfällige Tonfall nicht entgangen sein konnte, doch sie zeigte sich unbeeindruckt und Finn war stolz auf sie.

»Mutter, das ist Reagan Sweets.«

»Oh, das ist ja ein süßer Name für ein süßes Ding wie Sie«, säuselte sie und reichte Reagan die Hand.

»Das höre ich oft, Mrs. Westton.«

»Vicky kennst du ja bereits, Reagan.«

»Nicht dass ich wüsste«, kam es von Vicky. Sie klang schnippisch und Finn ging auf, dass sie keine Ahnung gehabt hatte, wer Reagan war.

»Oh doch, wir haben uns vor rund einem Monat getroffen. Finn und ich kamen aus den Hamptons und haben Sie in der Stadt aufgelesen, ehe er mich nach Hause gefahren hat«, half Reagan ihr auf die Sprünge.

»Ach, Sie sind das? Entschuldigen Sie, aber ich konnte Sie unmöglich erkennen, damals sahen Sie aus wie zwölf in diesem langen, albernen Hippiekleid und diesem unordentlichen Knoten. Schön, was Sie heute mit Ihren Haaren gemacht haben. Gefällt mir sehr.«

Finn warf Vicky einen bösen Blick zu. Was bitte schön sollte dieses unterirdische Verhalten? Bevor seine Verlobte noch weitere Gemeinheiten loslassen konnte, sagte er: »Ja, mir gefällt es auch sehr. Du solltest dein Haar öfter offen tragen. Das steht dir wirklich ausgezeichnet.«

Reagan errötete und sagte dann: »Das hat Tris auch gesagt.«

»Tristan weiß zwar in der Regel nicht wovon er redet, doch in diesem Punkt gebe ich ihm vorbehaltlos recht«, meinte Finn in neckendem Tonfall und brachte Reagan dadurch zum Lachen.

»Wir sollten zurück an unseren Tisch gehen. Das Programm geht gleich weiter«, warf Finns Mutter ein. »Das war ein schönes kleines Lied, das Sie da gesungen haben, Miss Sweets.« Finn sah, wie sich der Mund seiner Mutter spöttisch verzog, als sie realisierte, wie Reagans Augen einen traurigen Ausdruck annahmen.

»Ja, nur leider versteht es nicht jeder«, konterte die Sängerin beherrscht. »Es gibt immer Ignoranten auf der Welt, die denken, sie seien etwas Besseres und versuchen andere Menschen kleinzuhalten und ihnen den Glauben an sich selbst zu rauben.«

Finn registrierte die Entrüstung, die von seiner Mutter ausging und aus jeder ihrer Poren zu triefen schien. »Einen schönen Abend noch, Miss Sweets«, sagte sie spitz und marschierte dann mit Vicky, die es nicht mal für nötig gehalten hatte, sich zu verabschieden, von dannen.

»Jetzt hätte ich irgendwie doch gerne einen Champagner oder am liebsten einen

Whiskey, wenn ich ehrlich bin«, meinte sie niedergeschlagen. Finn starrte den beiden wichtigsten Frauen in seinem Leben fassungslos hinterher.

»Ich … äh, wow, ich weiß gerade nicht, was ich sagen soll, außer, dass mir der Auftritt meiner Mutter schrecklich leidtut«, meinte er und sah Reagan mitfühlend an.

Tristan gesellte sich zu ihnen. Er schien sofort zu bemerken, dass etwas nicht stimmte. »Alles gut?«, erkundigte er sich bei Reagan und warf Finn einen fragenden Blick zu, der ihn zu durchbohren schien.

»Ja, ich hatte nur eine Begegnung der dritten Art, wenn ich ehrlich bin.« Sie äugte zu Finn und schien sich versichern zu wollen, dass sie ihn nicht kränkte, doch Finn nickte lediglich zustimmend. »Ashton hat mich zwar vor Finns Mum gewarnt gehabt, aber ehrlich gesagt, traf sie mich doch etwas unvorbereitet.«

Tristan sog scharf die Luft ein. »Was hat sie gesagt?«

Reagan schüttelte den Kopf. »Nicht wichtig!«

»Gute Einstellung!«, bekräftigte sein Freund. Er legte Reagan erneut einen Arm um und Finn musste sich beherrschen, um Tristan nicht hier und jetzt die Meinung zu sagen. »Wollen wir nach Hause gehen?«

»Gerne, irgendwie ist es da netter und die Gesellschaft ist auch angenehmer.«

»Das freut mich zu hören«, meinte Tristan und grinste breit. »Sorry, Finn. Jetzt kommen wir doch nicht zum Plaudern, dabei gibt es eine Menge, was ich dir gerne erzählen würde. Lass uns morgen mal telefonieren, okay?«

Finn, der die Flirterei der beiden unerträglich fand, war froh, dass sie gingen, jedenfalls bis zu dem Moment, in dem ihm einfiel, was frisch verliebte Paare in der Regel so taten, sobald sie alleine waren. Er verabschiedete sich von Reagan und Tristan und schlenderte zu dem Tisch hinüber, an dem Vicky und seine Mutter saßen. Am liebsten hätte er sie sofort gefragt, was dieses lächerliche Theater sollte, mit dem sie Reagan eindeutig verletzt hatten.

Die beiden waren in ein Gespräch vertieft und bemerkten gar nicht, dass er sich ihnen von hinten näherte.

Seine Mutter sagte gerade: »Du weißt wie Männer sind, Liebes, hin und wieder brauchen sie ein deftiges Essen, sonst gehen sie zu McDonalds oder in einen anderen billigen Schuppen, um sich mit Fast Food vollzustopfen.«

»Ich für meinen Teil würde die Küche gerne für eine Weile geschlossen halten, vielleicht hört er dann auf, mit diesem kleinen Misttsück zu flirten.«

»Das ist keine gute Idee. Entweder du gibst ihm, was er will, oder du machst die Augen zu und siehst über seine kleinen geschmacklosen Affären hinweg, Liebes. Du hast die Wahl.« Finn verharrte in der Bewegung und hielt den Atem an. »Ich finde, es wird außerdem Zeit, dass du Nägel mit Köpfen machst. So schwer kann es doch nicht sein, schwanger zu werden.«

Ich schätze, dafür müsste man Sex haben, dachte Finn bitter. Er konnte nicht fassen, was er da gerade gehört hatte. Seine Mutter ermutigte Vicky, ihm ein Kind anzuhängen? Nicht, dass er keine Kinder mit Vicky wollte, doch auf keinen Fall auf diese Art und Weise.

»Ich fürchte, du hast recht. Dieses kleine Flittchen ist drauf und dran ihm den Kopf zu verdrehen«, stimmte Vicky seiner Mutter zu. »Ich kann nicht fassen, dass er auf diese Unschuldsmasche reinfällt.«

»Er ist eben auch nur ein Mann und sie sind, so leid es mir tut, alle gleich.«

»Finn Westton!«, ertönte neben ihm eine Stimme. Finn drehte sich abrupt zu ihrer Quelle um und bekam gerade noch aus dem Augenwinkel mit, wie Vickys Kopf und der seiner Mutter erschrocken zu ihm herumruckten. Er tat, als wäre er völlig auf sein Gegenüber fixiert und schloss den

Mann in eine brüderliche Umarmung. »Hiro Yamamura! Wie schön, dich zu sehen. Gott, das ist ewig her, seit wir uns zuletzt begegnet sind.«

»Auf meiner Hochzeit vor rund drei Jahren.«

Finn nickte. »Ja, ich erinnere mich. Was ein rauschendes Fest. Wie geht es der wunderbaren Mrs. Yamamura?«

Hiro seufzte leise und Finn erkannte, dass er wohl mit Anlauf in ein Fettnäpfchen gesprungen war. »Ich denke es geht ihr gut. Ich nehme an, dass der Gärtner, der Poolboy, der Masseur, der Personal Trainer und mit wem sie mich sonst noch betrogen hat, ihr über unsere Trennung hinweghelfen.«

Ach du Scheiße, dachte Finn, sagte jedoch: »Wow, das tut mir leid, mein Freund.«

Hiro winkte ab. »Lieber ein Ende mit Schrecken, als ein Schrecken ohne Ende.«

Finn schnaubte frustriert. »Und du? Bist du noch mit Vicky zusammen?«, erkundigte sich Hiro, woraufhin Finn stumm nickte.

Noch, dachte er. Was er eben gehört hatte, hatte ihn zutiefst geschockt. Er konnte nicht glauben, dass seine Mutter und seine Verlobte so über ihn sprachen und auch von ihm dachten. Kannten sie ihn denn kein bisschen? Hatte er ihnen jemals dazu Anlass gegeben, dass sie sich eine derart schreckliche Meinung über ihn gebildet hatten? Er behandelte Frauen gut. War respektvoll und degradierte sie nicht zu Lustobjekten. Er akzeptierte Vickys zahlreiche Ausreden, wenn es um Sex ging beziehungsweise darum, diesen zu vermeiden. Nie drängte er sie, obwohl er sich nach einem aktiveren Liebesleben sehnte. Er war verständnis- und rücksichtsvoll. Finn kam sich vor wie der letzte Idiot. »Was machen die Frauen bloß mit uns?«, fragte er Hiro.

»Du klingst nicht glücklich, Kumpel. Gibt es Ärger im Paradies?« Finn stand nicht der Sinn danach, zurück an den Tisch zu den beiden Frauen zu gehen, die so schreckliche Dinge über ihn dachten. Er war in seinen Gefühlen verletzt. Cam würde jetzt behaupten, dass Männer keine Gefühle hätten und Finn war sich nicht sicher, ob das auf seinen Freund nicht auch zutraf, aber ihn hatten die Worte der beiden wichtigsten Menschen in seinem Leben hart getroffen. »Lass uns raus auf den Balkon gehen. Ich brauche jetzt wirklich einen verdammten Drink und ein wenig frische Luft«, brummte er.

»Ja, lass uns das machen, mein Freund.«

»Wo hast du den ganzen Abend über gesteckt?«, verlangte Vicky zu wissen, als er sich Stunden später zu ihnen an den Tisch gesellte.

»Schatz, schön, dass du dich wieder zu uns gesellst. Es war doch reichlich unhöflich von dir, uns hier alleine zu lassen.«

»Oh, ich wollte eure angeregte Unterhaltung nicht stören«, meinte Finn. Es fiel ihm schwer, seine Zunge dazu zu bewegen, die Worte fehlerlos über seine Lippen zu bringen. Er war angetrunken, doch der Alkohol hatte ihn nicht versöhnlich gestimmt, sondern, im Gegenteil, seinen schwelenden Zorn befeuert. »Und irgendwie kam es mir unpassend vor, wo ihr doch darüber getratscht habt, was Männer im Allgemeinen und ich im Besonderen für schwanzgesteuerte Schweine sind.«

Vicky funkelte ihn verärgert an: »Und bist du ein schwanzgesteuertes Schwein, Finn?«, zischte sie ihm kaum hörbar zu. »Hast du dich mit dieser kleinen Schlampe rumgetrieben? War es gut?«

»Besser als mit dir«, sagte er ebenso leise. Im nächsten Moment biss er sich auf die Unterlippe. Das hätte er nicht sagen dürfen. Sofort bereute er seine Worte.

Vicky riss erschrocken die Augen auf. Tränen standen darin und sie schnappte geschockt nach Luft. Hastig schob sie ihren Stuhl zurück, stand auf und eilte davon.

Seine Mutter warf ihm einen fragenden Blick zu, beugte sich dann zu ihm hinüber und fragte: »Was hast du zu ihr gesagt?«

»Möglicherweise, dass ich mich nicht von ihr verarschen und mir ein Kind anhängen lasse?«

»Deine Wortwahl, Finn!«, rügte sie ihn.

»Das ist dein Problem, Mutter? Du hast sie dazu animiert, mir ein Kind unterzuschieben, um mich dadurch zu halten.«

»Mach dich nicht lächerlich, Finn. Ich bin eine alte Frau mit einer fragilen Gesundheit, ich sehne mich lediglich nach Enkeln. Niemand will dich deiner Freiheit berauben und was diese andere Sache angeht: Ich weiß genau, wie Männer sind, oder glaubst du, dein Vater hat stets die hübschesten Sekretärinnen eingestellt, weil die so fleißig und intelligent waren?«

Finn schluckte beklommen. Er hörte den Schmerz aus der Stimme seiner Mutter heraus und fragte sich, warum sie den Mann, der ihr offensichtlich so wehgetan hatte, nicht verlassen hatte. Zu gerne hätte er protestiert und gesagt, dass er nicht wie sein Vater war, doch seine Mutter ließ ihn nicht zu Wort kommen. »Vögle dieses kleine Flittchen, wenn es dich glücklich macht, aber heirate sie nicht. Sie passt nicht in unsere Reihen. Sie ist bloß ein kleines unverschämtes Ding, das eine viel zu große Klappe hat. Sie würde dich nur blamieren und dich bei einer Scheidung ausnehmen wie eine Weihnachtsgans.« Finn schnaubte aufgebracht, stand auf und ließ seine Mutter einfach sitzen. »Wo gehst du hin?«, fragte sie.

»Nach Hause, Mum!«

»Nimmst du mich mit?«, erkundigte Vicky sich kleinlaut, als er gerade dabei war, das Gebäude zu verlassen.

»Bleibt mir wohl nichts anderes übrig«, grollte Finn, doch als er ihr verweintes Gesicht sah, tat ihm sein rauer Tonfall leid. In einer Geste der Versöhnung hielt er ihr die Hand hin, doch Vicky ergriff sie nicht. *Dann nicht*, dachte er bitter und ärgerte sich über das, was er zu ihr gesagt hatte.

Er hätte Vicky nicht eine Sekunde lang in dem Glauben lassen dürfen, dass er sich mit Reagan amüsiert hatte und er bedauerte sein schäbiges Verhalten.

Sie nahmen ein Taxi nach Hause, weil sie beide getrunken hatten. Die Fahrt über schwiegen sie, doch es war kein gutes Schweigen. Es lastete schwer zwischen ihnen und die Stimmung war zum Zerreißen gespannt. Finn fragte sich, wann es zum großen Knall kommen würde und als sie das Haus betraten und er die Tür hinter ihnen geschlossen hatte, rechnete er mit einer Szene, die sich gewaschen hatte. Stattdessen schlang Vicky ihre Arme um seinen Hals, drückte ihn gegen die Eingangstür und küsste ihn mit einer solchen Leidenschaft, dass Finn beinahe die Luft wegblieb. Anfangs war er zu überrascht, um zu reagieren, doch nach einem Moment gelang es ihm, sein Erstaunen abzuschütteln. Er zog Vicky in seine Arme, umfasste mit den Händen ihren Po und knetete ihn. Ihre Lippen wanderten zu seinem Ohr, küssten es und saugten an seinem Ohrläppchen. Ihre Hände machten sich an seinem Gürtel zu schaffen und sie öffnete seine Hose, umfing mit ihren Fingern seinen steifen Penis und massierte ihn einen Moment, ehe sie vor ihm auf die Knie sank und seinen Schwanz in ihren Mund nahm.

Finn ließ seinen Hinterkopf gegen die Tür sinken und gab sich der köstlichen Liebkosung ihres Mundes hin. Er hatte keine Ahnung, wann Vicky ihm das letzte Mal einen geblasen hatte. Es war ewig her und nur mit Mühe gelang es ihm, sich zu beherrschen und sich nicht in ihren Mund zu ergießen. Als sie sich schließlich erhob, packte er sie, hob sie hoch und vögelte sie dann so heftig gegen die Haustür, wie er es noch nie getan hatte.

Ihr Stöhnen hallte ihm noch Stunden später in den Ohren, während er schlaflos neben ihr lag. Er war nüchtern und ernüchtert. Sein schlechtes Gewissen plagte ihn. Er hatte Vicky zum Sex genötigt. Inzwischen war er davon überzeugt, dass der leidenschaftliche Sex im Flur lediglich Show gewesen war. Eine meisterhafte Darbietung, doch bar echter Gefühle. Finn kam sich mies vor. Seine Mutter und Vicky hatten recht, er war ein schwanzgesteuertes Schwein. Er hatte Vicky benutzt. Verdammt, er sollte sie auf Händen tragen, schließlich war sie seine Verlobte. Er sollte sich zurücknehmen und seine Bedürfnisse hintenanstellen.

Mist, dachte er einen Moment später. Im Flur befanden sich Überwachungskameras. Er hatte sie erst kürzlich installieren lassen, weil es in der Gegend vermehrt zu Einbrüchen gekommen war, und er hatte sich noch immer nicht daran gewöhnt, dass sie da waren. Diese hatten Vicky und ihn beim Sex aufgenommen. Er unterdrückte einen Fluch, erhob sich und schlich hinaus, um in sein Büro zu gehen.

Finn nahm an seinem Schreibtisch Platz und sah sich die Aufzeichnung noch einmal an. Er suchte nach Anzeichen dafür, dass Vicky ihm bloß etwas vorgetäuscht hatte, doch er fand sie nicht. Nein, sie sah aus, als hätte sie wirklich Vergnügen daran gehabt, was sie getan hatten. Finn war sich sicher, dass sein Eindruck richtig war und das erleichterte ihn ungemein. Dennoch sah er sich das Band ein zweites Mal an, nur um sicher zu gehen, und dann ein drittes und viertes Mal zu seinem reinen Vergnügen. Nachdem er alle Spuren beseitigt hatte, ging er zurück ins Schlafzimmer und schmiegte sich an Vicky.

»Ich liebe dich«, wisperte er in ihr Ohr, schloss seine Arme um sie und lauschte ihrem regelmäßigen Atem, während er in der Dunkelheit lag. Als er schließlich ebenfalls einschlief, träumte er von Reagan und davon, wie sie auf der Bühne stand und sang.

Wenn Finn gedacht hatte, dieser leidenschaftliche Ausbruch von Vicky hätte eine Bedeutung und würde ihre Beziehung von

Grund auf ändern, so wurde er enttäuscht. Es blieb bei dieser einen – zugegeben sehr heißen – Begegnung. Vicky speißte ihn schon bald wieder mit den üblichen Ausreden und lieblos hingeworfenen 0815-Nummern vor dem Zubettgehen ab und Finn fragte sich schließlich, ob sie ihm – in dieser einen wundervollen Nacht – nicht doch etwas vorgemacht hatte.

Kapitel 6

REAGAN

»Das ist eine schreckliche Idee, Tris!«, jammerte Reagan frustriert. »Warum musstest du ihn einladen und vor allem sie?«

»Ich habe bloß ihn eingeladen«, stellte Tristan klar. Er klang frustriert. »Ich wusste ja nicht, dass er sie mitschleppt. Vicky hasst das Meer.« Reagan äugte zu dem Paar, welches einander gegenüber auf dem Bootssteg stand und sich stritt.

»Was ist das Problem?«

»Du bist das Problem, Reagan«, ließ Tristan sie wissen. »Finn will es vielleicht nicht wahrhaben, aber er steht auf dich.«

Reagan verdrehte die Augen. Tristan hatte ihr das in den vergangenen Monaten wiederholt gesagt, doch sie wusste es besser. Finn sah sie nicht als Frau an. Er hatte ihr ganz deutlich gesagt, dass sie zu jung war und auch sonst gezeigt, dass er keinerlei

Interesse an ihr hatte. Sie hingegen bekam ihn einfach nicht aus ihrem Kopf.

»Schau nicht so traurig, Kleines. Er hängt so was von an deiner Angel.« Reagan verdrehte die Augen. Tris war wirklich unmöglich, aber er war auch ein fantastischer Freund.

Vickys aufgebrachte Stimme wurde vom Wind zu ihnen herübergetragen: »Solange diese kleine Schlampe an Bord ist, werde ich keinen Fuß auf das dämliche Boot setzen.«

»Vicky, ich habe dir doch gesagt, dass niemals etwas zwischen mir und Reagan lief.« Hin und wieder gingen einzelne Worte im Geschrei der Möwen oder anderen Außengeräuschen unter, doch sowohl sie als auch Tristan konnten das Paar gut hören.

»Jaja, ich weiß. Sie ist viel zu jung, das sagtest du, aber ich bin nicht blind, Finn. Ich sehe, wie sie dir schöne Augen macht.«

»Oh, sie ist doch nicht so ignorant, wie ich dachte«, murmelte Tristan amüsiert. Regan hingegen war verletzt. Sie wusste,

Vickys Worte sollten sie nicht treffen, doch sie taten es.

»Selbst wenn sie das tun würde, ich bin mit dir zusammen und …«

»Nicht mehr, wenn du jetzt nicht mit mir heimfährst. Schieb einen Geschäftstermin vor«, verlangte Vicky aufgebracht.

Reagan sah unbehaglich zu Boden. Tristan griff nach ihrer Hand, führte sie an seine Lippen und küsste sie. Reagan wunderte sich noch über diese Geste, doch als Finn im nächsten Moment sagte: »Sie ist mit Tristan zusammen, siehst du das denn nicht?«

Vicky schüttelte vehement den Kopf. »Vielleicht macht sie für ihn die Beine breit, aber sie ist scharf auf dich. Ihn sieht sie nicht so an wie sie dich ansieht und ich meine es ernst: Ich für meinen Teil werde jetzt gehen. Wenn du bleiben willst, dann bitte, aber komm hinterher nicht an und bettle darum, dass ich dich zurücknehme, das werde ich nämlich nicht tun. Du hast die Wahl!«

»Sag mal, spinnst du jetzt total?«, blaffte Finn für ihn unvermittelt heftig. »Das ist doch nicht dein Ernst, oder?«

»Und ob ich das ernst meine, ich werde mit dieser kleinen Hure nicht zu einer lustigen Schifffahrt aufbrechen, und wenn du den Tag lieber mit ihr verbringst als mit mir, dann sagt das doch alles.«

Finn fuhr sich mit beiden Händen durch die Haare. Seine Verzweiflung war für Reagan beinahe greifbar. Sie bedauerte ihn sehr, wagte jedoch nicht, zu hoffen, dass er sich für einen Tag mit ihr und Tris auf dem Boot entschied. Er war ein guter Kerl und sie wusste noch genau, dass die Familie für ihn oberste Priorität hatte. Umso mehr erstaunte es sie, als er sagte: »Okay, dann ist es wohl aus.«

»Du wirfst unsere Beziehung einfach so weg? Ich wusste, dass du scharf auf dieses billige Flittchen bist.«

Finn gab einen frustrierten Laut von sich und raufte sich die blonden Haare. »Es geht hier nicht um Reagan. Es geht darum, dass du versuchst, mich zu erpressen und ich darauf keinen Bock habe. Ich habe es satt, ständig nach deiner Pfeife zu tanzen und dir doch nichts recht machen zu können.«

»Ach, erzähl doch keinen Mist! Ich habe gesehen, wie du sie angehimmelt hast, als sie auf der Bühne stand und dieses alberne Lied vorgetragen hat. Weißt du was? Du bist genauso geschmacklos wie diese kleine Schlampe. Ihr passt ganz wunderbar zusammen.« Sie drehte sich herum und rauschte davon. Finn wirkte einen Moment lang so, als würde er ihr folgen wollen, entschied sich dann jedoch dagegen. Er drehte lediglich seinen Kopf, um ihr nachzublicken. Als er ein paar Minuten später an Bord kam, lag ein trauriger Ausdruck in seinen Augen.

»Hi«, begrüßte Reagan ihn mitfühlend. Er schloss sie kurz in die Arme und sagte ihr, wie gut sie heute aussah. Reagan lächelte ihn schwach an. Selbst in einem Moment wie diesem erinnerte Finn sich an seine guten Manieren und seine Herkunft. Es imponierte ihr, wie beherrscht er trotz der für ihn schwierigen Situation wirkte. Sie war da ganz anders – viel emotionaler und unreifer.

»Kann man von dir nicht sagen, Bro«, mischte Tris sich ein. »Was war da gerade los? Ist es vorbei?«

Finn nickte knapp. In diesem Moment klingelte Tristans Handy. Er schaute drauf und sein Gesicht nahm mit einem Mal eine kalkweiße Farbe an.

»Der Arzt?«, erkundigte sich Reagan und klang besorgt. »Geh ran«, drängte sie Tris, als dieser nickte. Das Herz schlug ihr bis zum Hals. Unwillkürlich überkreuzte sie Zeige- und Mittelfinger und hielt den Atem an.

Mit einem knappen »Holloway!« nahm Tristan den Anruf entgegen. Reagan konnte das Zittern in seiner Stimme hören. Er lauschte dem Arzt und Reagan beobachtete gebannt sein hübsches Gesicht. Die Erleichterung, die sich darauf ausbreitete, trieb ihr Tränen des Glücks in die Augen. Nachdem er geendet hatte, fiel sie ihm um den Hals und drückte ihn so fest sie konnte.

»Siehst du, ich habe doch gesagt, dass alles gut ist!«, raunte sie ihm zu.

Tristan nahm ihr Gesicht in beide Hände und wischte ihr die Tränen weg. »Ja, das hast du, Kleines. Gott, ich bin so erleichtert. Du kannst es dir nicht vorstellen.«

»Doch, das kann ich, Tris.«

»Ach, du bist bloß froh, dass ich keinen so schnellen Abgang hinlege und du dir einen neuen Producer suchen musst«, witzelte Tris.

»Du bist doof!«, murmelte Reagan und küsste Tris zärtlich auf die Wange.

»Klärt mich mal jemand auf?«, fragte Finn irritiert.

»Lass dir die ganze Sache von Reagan erzählen. Ich muss zu meinen Eltern. Die brauchen ebenfalls Gewissheit.« Er sah Reagan an. »Kannst du meinen Laptop von unten holen?«, fragte er sie. Sie nickte und nahm die Treppe, die unter Deck führte. Nachdem sie sicher war, dass die beiden sie nicht mehr sehen konnten, blieb sie stehen und lauschte. Ihr war klar, dass Tristan sie nicht ohne Grund fortgeschickt hatte. Sie hörte, wie er sagte: »Macht euch einen schönen Tag, okay? Und Finn, sie ist nicht meine Freundin. Sie ist meine beste Freundin, aber mehr auch nicht. Doch ich schwöre dir, wenn du ihr wehtust, dann reiße ich dir deinen mickrigen kleinen Arsch auf.« Finn lachte auf. Reagan hörte, dass es ein nervöses Lachen war. »Ich meine es ernst, mein Freund. Sie ist eine Klassefrau, behandle sie auch so und hör endlich auf, dich gegen deine Gefühle zu wehren. Du bist seit dem ersten Abend, als du sie im ›Dante`s Inferno‹ auf der Bühne gesehen hast, scharf auf sie und jetzt bist du frei. Eurem Glück steht nichts mehr im Weg, also sei kein Idiot, Finn. Nutze deine Chance.«

»Scheiße, dir kann man auch echt nichts vormachen«, murmelte Finn.

»Wie lange kennen wir uns?«

Reagan hatte genug gehört. Sie huschte in Tristans Kajüte und holte seine Laptoptasche. Als sie nach oben kam, lagen die beiden Männer sich in den Armen.

»Wie fühlst du dich, Tris?«, fragte sie.

»Etwas zittrig«, räumte er ein.

»Soll ich dich vielleicht besser zu deinen Eltern fahren?«, bot sie an, auch wenn sie nichts mehr wollte, als diesen Tag alleine mit Finn zu verbringen.

Tristan schüttelte den Kopf. »Nein, Reagan, das ist nicht nötig.« Auf ihren besorgten Blick hin sagte er nachdrücklich: »Wirklich nicht, Kleines! Ich will, dass ihr euch einen schönen Tag macht. Finn braucht nach seiner Trennung etwas Ablenkung.« Reagan schluckte beklommen. »Kümmer dich ein wenig um ihn. Ich weiß aus Erfahrung, wie wunderbar du Menschen selbst in den schrecklichsten Situationen aufbauen kannst, benutze dein Licht und bringe ihn zum Strahlen.«

»Was bin ich, Tristan, eine Glühbirne?«, erkundigte sich Finn belustigt.

»Siehst du, wie gut ihr Zauber wirkt?«, neckte Tristan seinen Freund.

»Schwachkopf!«, schimpfte Reagan gutmütig, umarmte ihn und sah ihm dann nach, wie er die Yacht über den Landgang verließ. Als er schließlich außer Sichtweite war, wandte Reagan sich Finn zu. »Wollen wir?«, fragte sie und bemühte sich, nicht nervös zu klingen.

Drei Stunden später ankerten sie. Während der Fahrt hatten sich Finn und Reagan gut unterhalten. Brisante Themen wie seine Trennung, ihre Familie und Tristans Gesundheit hatten sie wohlweislich gemieden.

»Wie findest du das Boot?«, erkundigte sich Finn, während sie in der Bordküche standen und sich einen Snack machten.

»Ich mag es«, erwiderte Reagan, denn sie wusste genau, worauf das hinauslief.

Tris hatte ihr von seinem und Finns ewigwährendem Disput berichtet. »Aber ich bin auf deiner Seite. Segelboote haben einfach mehr Stil.«

Finn grinste. »Du bist eine Frau mit einem erstklassigen Geschmack.«

»Eine Frau? Ich dachte, in deinen Augen wäre ich keine Frau, sondern bloß ein kleines Mädchen.«

Finn biss sich auf die Unterlippe und verzog sein Gesicht zu einer Grimasse. »AUTSCH!«, zischte er. »Das wird mir ewig nachhängen, was?«

»Nun ja, es war keine deiner Sternstunden, aber später hast du gesagt, dass ich die Welt verändern könnte und das war wahnsinnig süß.« Reagan drehte sich zu ihm herum und sah ihn aufmerksam an. Finn schluckte hörbar. »Genaugenommen war das der Moment, in dem ich mich in dich verliebt habe«, fuhr sie unerbittlich fort. »Denn niemals zuvor hat mir jemand etwas so Schönes gesagt.«

Sie nahm all ihren Mut zusammen, trat an ihn heran, legte ihre Arme um seinen Hals und wartete dann darauf, dass er den letzten Schritt tat. Sie spürte seinen Atem auf ihrem Gesicht. Finn war ihr so nahe und sie sehnte sich so sehr nach ihm. *Bitte, bitte küss mich,* flehte sie im Stillen. Finn legte seine Hände auf ihre Hüften und senkte dann seine Lippen auf die ihren. Es war ein zärtlicher, unschuldiger Kuss.

Sie spürte Finns Zögern und sagte: »Es tut mir leid. Es ist nur so, dass … nun ja, in diesem Punkt hatte deine Ex recht. Ich habe Interesse an dir, hatte es im Prinzip von Anfang an.« Es tat Reagan gut, Finn ihre Gefühle zu gestehen.

»Warum? Ich meine, du bist so jung und talentiert. Die ganze Welt steht dir offen. Was willst du mit jemandem wie mir?«

»Mit jemandem wie dir? Machst du Witze? Du bist süß, humor- und liebevoll. Du bist ein toller Mann. Ich meine, ja, zugegeben, vielleicht ist der Altersunterschied nicht ideal …«

»Nicht ideal? Ich würde dich daran hindern, Erfahrungen zu sammeln und deine Jugend zu genießen. Ich wäre für deine persönliche Entfaltung der totale Hemmschuh.«

Sie standen noch immer ganz dicht zusammen und hielten einander im Arm. Reagan spürte Finns errigiertes Glied an ihrem Bauch und es war gut, zu wissen, dass ein Teil von ihm weit weniger viele Bedenken hatte.

»Ich habe genug Erfahrung, Finn Westton, um zu wissen, dass ich dich will und ich kann spüren, dass du mich auch willst.« Sie grinste ihn an. »Sehr deutlich sogar.«

»Du bist unmöglich, Miss Sweets.«

Ihr Grinsen wurde noch breiter. »Ich weiß«, murmelte sie, stellte sich auf die Zehenspitzen und küsste ihn erneut. »Wenn du wegen der Trennung Zeit brauchst, dann ist das okay. Ich kann auch noch ein wenig länger warten.«

Finn schüttelte den Kopf. »Nein. Ja. Ach, ich weiß nicht. Es kommt mir nur nicht richtig vor, am gleichen Tag mit einer anderen Frau ins Bett zu gehen, an dem ich meine Verlobung gelöst habe. Es erscheint mir ein wenig geschmacklos.«

»Denkst du das wirklich? Oder ist es das, was du befürchtest, dass andere über dich oder über uns denken? Oder willst du nicht, dass Vicky mit ihrer Vermutung richtiglag?«

Finn löste sich von ihr und drehte sich zur Seite. Er stützte sich an der Arbeitsplatte ab und betrachtete die Schlieren des Mamors so gebannt, als würden sich darin die Antworten auf ihre Fragen befinden. Reagan trat dichter an ihn heran und streichelte seinen Rücken. Am liebsten hätte sie ihm das Shirt vom Leib gerissen und gierig seinen Körper erkundet. Gott, sie wollte ihn so sehr.

»Möglicherweise ein wenig von allem«, erwiderte er schließlich nachdenklich. »Aber wenn diese Bedenken nicht wären, dann würde ich …«

»Ja?«, fragte Reagan heiser.

Finn drehte sich zu ihr um, hart griff er in ihre vollen blonden Locken und zog sie an sich heran. Der Kuss, den er erbeutete, war fordernd und verlangend und ihm fehlte jegliche Vorsicht. Diesem Kuss haftete nichts Behutsames mehr an und Reagan reagierte auf ihn mit der gleichen offen zur Schau gestellten Leidenschaft. Sie schob ihre Hand unter Finns Shirt, ließ ihre Finger über sein Sixpack gleiten und presste sich fest an ihn. Finn seinerseits war wie entfesselt und Reagan ahnte, dass der Kuss ihn völlig aus der Bahn geworfen und seine Bedenken davongespült hatte.

Er umfasste ihre Pobacken, hob sie hoch und setzte sie auf der Arbeitsplatte ab. Reagan zerrte an seinem Shirt, zog es ihm über den Kopf und grub dann ihre Hände in seinen blonden Schopf. Sie schlang ihre Beine um seine Hüften. Er hatte das Kreuz eines Schwimmers. Breite Schultern und eine schmale Taille. Sein Körper, der sie von Anfang an fasziniert hatte, machte sie ungeheuer an. Noch nie hatte sie den ihren mit einem so schönen Mann geteilt. Seine Hände glitten unter ihr Top, umfingen ihre Brüste und Reagan stöhnte leise, als Finn seine Daumen in rascher Abfolge über ihre Brustwarzen gleiten ließ. Ihre Nippel reagierten prompt und richteten sich herausfordernd auf.

»Ist dir kalt?«, flachste er.

»Nein, ich bin nur wahnsinnig geil«, erwiderte Reagan wahrheitsgemäß.

»So?«

Sie leckte sich über ihre vom Küssen geschwollenen Lippen. »Ja, und ich kann es nicht erwarten, dass du deinen harten Schwanz in mich steckst und mich fickst, bis ich deinen Namen schreie. Scheiße, Finn, ich würde so gerne deinen Namen schreien«, stieß sie atemlos hervor. Sie sah, wie Finns Adamsapfel sich unter seiner gebräunten Haut bewegte, als er trocken schluckte. »Ich steh auf Dirty Talk«, verriet sie ihm.

»Wäre mir gar nicht aufgefallen«, murmelte er, nahm ihre Unterlippe zwischen seine Zähne und saugte zärtlich daran. Reagan keuchte lustvoll in seinen Mund. Sie mochte, was er mit ihr tat und auch, wie ihr Körper auf ihn reagierte. Finn löste seine Lippen von den ihren und fragte: »Bist du bereit für meinen harten Schwanz?«

»Ja!«

»Bist du richtig feucht und willst du ihn auch wirklich zwischen deinen Beinen haben?« Sie nickte. »Ich trag dich jetzt zum Bett rüber und dann schiebe ich dir meinen Prügel bis zum Anschlag in deine Pussy. Ich werde dich richtig, richtig hart ficken. Willst du das?«

»Unbedingt!«, stöhnte sie. Seine derben Worte versetzten sie in Erregung und sie konnte nicht fassen, dass sie sie wirklich aus seinem Mund gehört hatte. Finn wirkte immer so gesittet und nun entpuppte er sich als Ausnahmetalent in Sachen Dirty Talk. »In meiner Tasche …«

»Was ist mit deiner Tasche?« Finns Stimme klang so markig und rau, dass Reagan alleine deshalb eine Gänsehaut bekam.

»Kondome!«, stieß sie schwer atmend hervor. Mit einem knappen Nicken trat er zurück und half ihr von der Arbeitsplatte. Reagan glitt herunter und ging zu ihrer Tasche. Sie holte eine Tüte aus einem Drugstore hervor und entnahm dieser ein Päckchen mit Kondomen. Sie bemerkte Finns fragenden Blick. »Es sind nicht meine«, beruhigte sie Finn. »Sie gehören Tris. Er hat heute Abend noch ein Date und wollte vorbereitet sein.« Sie lächelte. »Ich habe für alle Fälle nur eins im Portemonnaie, aber das reicht uns nicht, oder?« Sie sah Finn hoffnungsvoll an.

Er beugte sich zu ihr herunter und wisperte: »Nein, ich werde dich in jeder nur erdenklichen Stellung nehmen und das die ganze Nacht lang.« Er biss vorsichtig in ihr Ohrläppchen, woraufhin Reagan leise aufstöhnte. Ungeduldig griff sie in seinen Hosenbund und zog ihn hinter sich her. Finn lachte, schnappte sie und umfing ihren Körper mit dem seinen von hinten. Er küsste ihren Hals und raunte ihr zu, dass sie ein gieriges kleines Stück sei.

»Du hast keine Ahnung, *wie* gierig ich bin!« Kurz darauf kniete sie vor ihm und dem Bett, auf dessen Kante er saß, und lutschte ihm seinen Schwanz so hingebungsvoll, dass es Finn unmöglich war, sich zu beherrschen. Reagan bemerkte es mit Freude und registrierte auch, dass er versuchte, sie zu stoppen, bevor er kam. Sie löste ihre Lippen von seinem erigierten Penis und keuchte: »Ich will, dass du in meinem Mund kommst. Machst du das?« Finn nickte. »Zeig mir, was dir gefällt«, forderte sie ihn auf und widmete sich wieder seinem besten Stück. Finn griff mit seiner Rechten in ihre Haare, schlang sie um seine Hand und gab ihr den Rhythmus vor. Sein Atem ging stoßweise und Reagan, angestachelt von seiner Lust, saugte kräftiger an seinem Penis. Mit einem lauten Stöhnen explodierte Finn in ihrem Mund. Salzig spritzte sein Sperma in schwallartigen Wellen in ihren Schlund. Sie schluckte es und leckte anschließend die nachquellenden Tropfen von seiner Eichel.

Finn löste seine Hand aus ihren Haaren, schob seine Finger unter sein Kinn und dirigierte sie so nach oben. Er zog sie auf seinen Schoß und küsste sie so innig, dass Reagan beinahe den Verstand verlor.

»Hat es dir gefallen?«, fragte sie ihn, nachdem es ihr gelungen war, sich von seinen Lippen zu lösen.

»Ja!«, presste er mühsam beherrscht hervor.

»Sehr? Ich könnte das öfter machen«, säuselte sie und küsste ihn sanft. Finn umfasste ihre Pobacken erneut und knetet sie weit weniger zärtlich. Reagan spürte, dass sie etwas in ihm ausgelöst hatte. Seine sonst so übliche Zurückhaltung war verpufft und sie hoffte, dass sie niemals zurückkehren würde, denn sie mochte es, seine Begierde zu spüren.

»Es wäre wunderbar, wenn du das öfter machen würdest.« Finn begann damit, sie zu entkleiden. Er küsste ihren Hals, ihr Dekolleté und den Ansatz ihrer Brüste. Reagan grub ihre Hände in seine Haare, als er ihre linke Brustwarze in seinen Mund saugte und flink seine Zunge darüber gleiten ließ. Voller Wonne rieb sie ihren Körper an seinem und rutschte dabei auf seinem Schoß hin und her. Es dauerte nicht lange, bis sie spürte, wie sein Schwanz sich wieder versteifte.

»Bereit für die zweite Runde?«, fragte sie neckend.

»Ja! Wie soll ich dich nehmen?«

»Wie auch immer du willst. Ich bin ganz die deine«, flüsterte sie ihm zu.

»Wenn ich dich jetzt hochheben, dir diese Hose ausziehen und dich dann bäuchlings aufs Bett drücken würde, um dich von hinten zu besteigen, dann wäre das okay?«

»Solange du ein Gummi benutzt, kannst du mich benutzen wie du willst.«

»Ich will dich nicht benutzen«, erwiderte Finn mit einem Mal sehr ernst. Er schaute ihr in die Augen und Reagan konnte nicht anders, als ihn zärtlich zu küssen.

»Das weiß ich doch«, murmelte sie. »Finn, wenn ich dir zu …« Reagan verstummte und konnte nicht verhindern, dass sie etwas errötete. »Ich bin zu wild, oder? Das hier, das ist nicht das, was du willst, nicht wahr?«

Finn lächelte. »Es ist genau das, was ich will«, versicherte er ihr ebenso ernsthaft, wie er ihr vorher gesagt hatte, dass er sie nicht benutzen würde. »Ich wollte diesen Punkt nur klarstellen, mehr nicht.« Er legte seine Hand in Reagans Nacken und zog sie vorsichtig zu sich heran, um sie erneut zu küssen. »Ich will nicht, dass du glaubst, du seist nur eine Ablenkung für mich oder ein Fick. Du hast keine Ahnung, wie sehr du in den vergangenen Monaten meine Gedanken beherrscht hast. Ich habe alles versucht, um dich aus meinem Kopf zu bekommen. Ich habe mir wieder und wieder gesagt, dass es nicht richtig ist, dass ich ständig an dich denke. Zum einen wegen Vicky, zum anderen weil du …«

»… weil ich so jung bin. Ich weiß, ich habe verstanden, dass das ein Problem für dich ist und vielleicht bin ich jung, aber ich bin nicht unbedingt unerfahren und vor allem, weiß ich was ich will, Finn. Vertrau darauf, dass ich weiß, was gut für mich ist.«

Er nickte beklommen. »Was bedeutet, dass du nicht unbedingt unerfahren bist?« Er strich ihr eine Haarsträhne hinter das Ohr und betrachtete sie aufmerksam.

»Du bist der fünfte Mann, mit dem ich ins Bett gehe. Ich hatte zwei längere Beziehungen, einen One-Night-Stand und eine Mini-Affäre. Keine Sorge, niemand von uns war vergeben, es war bloß keine Absicht dahinter. Wir wussten, dass es nicht von Dauer sein würde. Es war nur Sex.« Reagan sah ihn fragend an. »Was denkst du darüber?«

»Ich bin froh, dass du es mir erzählt hast und beruhigt, dass du nicht mehr Liebhaber hattest, als es Sterne am Nachthimmel gibt.«

Reagan kicherte leise. Finn hob seine Hand und legte sie an ihre Wange. »Du bist so bezaubernd. Ich mag, dass du weißt, was du willst und deine Sexualität auch auslebst.«

»Mit dir auslebe?«

»Das hoffe ich doch sehr und wenn du es wild magst, dann ist das für mich absolut im Bereich des Machbaren.«

Trotzdem liebte er sie eine Viertelstunde später erst einmal zärtlich und Reagan war das in diesem Moment genug. Sein harter, warmer Körper über ihr, seine gleichmäßigen und beherrschten Stöße, sein Atem, der auf ihrem Gesicht zitterte, seine leidenschaftlichen Küsse und sein unglaublich knackiger Hintern in ihren Händen waren das Paradies auf Erden.

Als sie kam, sagte sie ihm, dass sie ihn liebte und Finn erwiderte: »Ich liebe dich auch, Sweety!«

Zwei Tage später kehrten sie in den Hafen zurück und Reagan bedauerte, dass ihr erotischer Ausflug ein Ende hatte. »Komm mit zu mir!«, schlug Finn vor.

»In die Höhle des Drachens?«, fragte Reagan zweifelnd.

»Meine Mutter wird sich an dich gewöhnen.«

»So? Möglicherweise tut sie das, aber ich werde mich sicherlich nicht an sie gewöhnen. Sie ist – entschuldige, wenn ich das so sage – grässlich.«

Finn seufzte. »Ihr hattet einen dummen Start, aber sie liebt mich und wenn ich glücklich bin, dann ist sie es auch. Komm mir zuliebe mit. Ich will heute Nacht nicht alleine schlafen.«

»Du bist ein Nimmersatt«, erwiderte Reagan lächelnd. »Dann müssen wir aber vorher in den Drugstore und Kondome kaufen.«

»Wir haben allem Anschein nach Glück«, meinte Finn eine halbe Stunde später, als sie auf den Parkplatz vor seinem Haus fuhren.

»Ihr Auto ist nicht da. Vielleicht ist sie in ihrer Wohnung in der Stadt.«

»Hast du auch eine Wohnung in der Stadt?«

Finn nickte. »Ja, ein Penthouse in der Nähe des Central Parks. Aber das Haus hier gehört uns zu gleichen Teilen, ebenso das in Aspen und das auf Ibiza. Wenn es nicht bereits so spät wäre, dann würde ich mit dir in die Stadt fahren.«

»Nein, es ist gut, dass wir hier sind. Ich will morgen unbedingt nach Tris sehen. Er hat eine schreckliche Zeit hinter sich und ich will unbedingt wissen, wie es ihm geht.« Inzwischen hatte sie Finn von dem Verdacht der Ärzte, mit dem sich Tristan in den vergangenen Wochen hatte rumschlagen müssen, erzählt. Zum Glück war der Befund negativ gewesen und auch wenn Tris Gegenteiliges behauptete, sie war nicht froh, dass dem so war, weil er ihr Producer war, sondern weil sie ihn wirklich mochte.

»Wollen wir ihn anrufen?« Reagan nickte und sie sprachen kurz mit Finns Freund, der sich sichtlich darüber freute, wie sich die Dinge zwischen Finn und ihr entwickelt hatten.

»Bist du verliebt, Kleines?«, erkundigte Tristan sich, nachdem Finn kurz den Raum verlassen hatte, weil sein Handy geklingelt hatte.

»Ja, sehr!«

»Dann genießt die erste Zeit. Die geht viel zu schnell vorbei.«

Sie legten auf und Reagan machte sich in dem weitläufigen Haus auf die Suche nach Finn. Als sie die Eingangshalle durchquerte, wurde die Haustür geöffnet und Reagan sah sich unerwartet Vicky gegenüber. »Sie hier?«, fragte Vicky überrascht.

Reagan biss sich verlegen auf die Unterlippe. »Ja«, erwiderte sie schlicht.

»Finn und Sie treiben es jetzt offiziell miteinander?«

»Sieht so aus«, entgegnete Reagan und verzichtete darauf, sie darüber aufzuklären, dass zuvor nie etwas zwischen Finn und ihr passiert war. Vicky würde ihr sowieso kein Wort glauben. Für sie war Reagan die dumme

Schlampe, das hinterhältige Flittchen, die blöde Hure, die ihr den Freund ausgespannt hatte. Wenn Vicky unbedingt in die Rolle des armen Opfers schlüpfen wollte, dann sollte sie das tun.

»Dass Sie sich nicht schämen. Finn und ich waren drei Jahre lang zusammen. Er hat um meine Hand angehalten.« Reagan schwieg weiterhin. »Sie können ihm nicht das Wasser reichen. Für ihn sind Sie nur eine kleine Affäre. Er wird zu mir zurückkehren, wenn Sie ihm langweilig geworden sind.«

»Tja, und Sie würden ihn vermutlich sogar zurücknehmen, nicht wahr? Und zwar nicht, weil Sie so ein großes Herz haben, sondern weil es Ihnen im Grunde genommen egal ist, was er treibt. Das, Vicky, ist keine Liebe und er war Ihnen treu bis zu dem Moment, in dem Sie ihn vor die Wahl gestellt haben. Sie denken, er hat sich für mich und gegen Sie entschieden? Das hat er nicht. Er wollte sich bloß nicht erpressen lassen, denn auch das hat mit Liebe nichts zu tun. Liebe bedeutet, dem anderen Freiräume und Freiheiten zu lassen, damit er sich selbst entfalten und herausfinden kann, wer er wirklich ist. In einer Beziehung gibt es keinen Platz für kleinliche Eifersüchteleien, denn da, wo es kein Vertrauen gibt, endet die Liebe.«

Vicky stieß einen abfälligen Laut aus. »Was wissen Sie schon davon. Wie alt waren Sie doch gleich?«

»Neunzehn. Ich bin gerade neunzehn geworden, aber das heißt nicht, dass ich keine Ahnung habe, wovon ich rede.«

»Sie sind beinahe noch ein Kind. Gott, Sie sind ein Teenager. Ich frage mich wirklich, was Finn mit Ihnen will?« Reagan presste ihre Kiefer fest aufeinander, um eine garstige Erwiderung hinunterzuschlucken. »Schauen Sie sich doch an! Sie passen überhaupt nicht hierher. Finn ist ein Mann mit Klasse und Stil, und Sie sind …«

»Was auch immer du sagen willst, Vicky, spar es dir!«, erwiderte Finn von der Tür zur Küche her. Er setzte sich in Bewegung und stellte sich neben Reagan, seine Hand legte sich auf ihren unteren Rücken. Die Sängerin liebte diese Geste. Sie gab ihr Sicherheit und sorgte dafür, dass Reagan sich geborgen fühlte.

»Du hast gesagt, sie sei zu jung und du hast behauptet, dass sie nicht dein Typ ist und nun schläfst du mit ihr? Das ist so billig und armselig.«

»Vicky, was suchst du hier?«

»Ich habe noch Sachen in diesem Haus und wollte sie abholen. Vor zwei Tagen waren wir noch verlobt, Finn, und nun hast du eine andere. Ich begreife nicht, wie du das alles wegwerfen kannst …«

Finn presste seine Kiefer fest aufeinander. »Geh nach oben und hol deine Sachen, Vicky«, wies er sie zwischen zusammengebissenen Zähnen an.

»Könntest du mir bitte helfen?«

Finn warf Reagan einen fragenden Blick zu. Sie nickte und er und Vicky gingen nach oben. Reagan ging zurück ins Wohnzimmer und setzte sich hin. Sie wartete geduldig, bis Finn Vickys Sachen in deren Wagen verladen hatte. Dabei fiel Reagan ein, dass sie noch immer Vickys Kleid und ihre Unterwäsche hatte. Sie musste beides unbedingt zurückgeben, auch wenn sie das Kleid ausgesprochen gemocht hatte. Dennoch würde sie es sowieso nie wieder tragen, denn auch wenn Vicky es nicht erkannt und später als albernes Hippiekleid bezeichnet hatte, so gehörte es ihr.

»War ein ziemlicher Stimmungskiller«, meinte Finn kurz darauf, als sie zusammen im Bett, das sie zuvor frisch bezogen hatten, lagen.

Reagan schmiegte sich an ihn. »So schnell kann man meine Stimmung nicht killen«, erwiderte sie und drückte ihre Lippen auf seinen Oberkörper.

»Wer ist hier der Nimmersatt?«, erkundigte sich Finn amüsiert.

»Eindeutig du! Ich bin jung, unschuldig, naiv und du bist ein schrecklicher Mensch, der mich zu geschmacklosen Dingen verführt.«

Finn öffnete schockiert den Mund. Ihm entfuhr ein fassungsloses Lachen, er stürzte sich auf sie und kitzelte sie. »Und du machst geschmacklose Witze, du Luder!«

»Ja, aber ich bringe dich zum Lachen.«

»Das tust du und ich liebe es, dass du das tust«, versicherte er ihr. Er küsste sie, rollte sich von ihr herunter und starrte an die Decke. Reagan griff nach Finns Hand und verschränkte ihre Finger mit seinen. »Ich hasse es, dass es geschmacklos ist … es fühlt sich nicht so an, weißt du.« Reagan nickte. Nein, das tat es ganz und gar nicht. Es war großartig und sie wünschte sich, sie könnte die Zeit anhalten.

»Du hast zu mir gesagt, ich hätte das Zeug dazu, die Welt zu ändern, aber wenn ich ehrlich bin, dann reicht es mir, dass ich deine Welt verändere.«

»Das tust du, Sweety, kann mich nicht erinnern, wann ich jemals so glücklich war, wie im Moment.«

Kapitel

FINN

Die nächsten Tage waren traumhaft und Reagan und Finn schwebten im siebten Himmel. Ihr Glück wurde jedoch am Freitagmittag durch das Auftauchen seiner Mutter getrübt.

Sie war keine fünf Minuten da, da hatte sie sich bereits auf Reagan eingeschossen. »Mutter!«, griff Finn schließlich ein, als ihre Attacken zu heftig wurden.

»Finn, du blamierst dich mit diesem Mädchen an der Seite bis auf die Knochen. Sie hat ein schlichtes Gemüt, das sieht man ja schon an diesen albernen, naiven Songtexten.«

Finn war froh, dass Reagan dieses Gespräch nicht mitbekam, weil sie sich gleich nach oben verdrückt hatte, sobald seine Mutter auf der Bildfläche erschienen war und die ersten spitzen Kommentare losgelassen hatte.

»Ich gehe jetzt nach oben zu meiner Freundin«, informierte er seine Mutter säuerlich und ließ sie stehen. Auf der Treppe kam ihm Reagan entgegen. »Wo willst du hin?«

»Ich fahre nach Hause. Die angenehme Atmosphäre der letzten Tage wird sich hier so schnell nicht mehr einstellen.«

»Du musst nicht gehen, Sweety!«

»Ich weiß, dass ich nicht muss, Finn, aber ich fühle mich hier nicht wohl, wenn sie da ist, also gehe ich.« Sie schien seinen enttäuschten Blick zu bemerken, denn sie fügte hinzu: »Ich muss sowieso noch an einem neuen Song arbeiten. Lass uns morgen telefonieren, okay?«

Finn fügte sich in sein Schicksal, auch wenn er nichts lieber getan hätte, als Reagan hier zu behalten. Er konnte sich nicht vorstellen, die Nacht ohne sie zu verbringen, dennoch geleitete er Reagan hinunter zur Eingangstür.

»Guck nicht so traurig«, rügte ihn die Sängerin. »Bei diesem Dackelblick fällt es mir unglaublich schwer, zu gehen.«

Bevor er etwas erwidern konnte, tauchte seine Mutter auf und fragte: »Ach, Sie wollen schon gehen?«

»Ja, ich habe noch zu tun.«

»Ein neues Liedchen? Na, dann wünsche ich Ihnen diesmal mehr Erfolg.«

»Ihnen auch noch einen schönen Abend«, entgegnete Reagan würdevoll und wandte sich zum Gehen. Finn seufzte leise und warf seiner Mutter einen strafenden Blick zu. Sobald Reagan weg war, würde er mit ihr ein paar ernste Worte reden. Er würde ihr sagen, dass es ihm seit Jahren nicht mehr so gut gegangen war, wie in den wenigen Tagen, die er bisher mit Reagan verbringen konnte. Er würde sie davon überzeugen, der Frau, in die er sich gegen seinen Willen Hals über Kopf verliebt hatte, eine Chance zu geben.

»Stopp! Ich glaube, Sie haben da etwas, das mir gehört, Miss Sweets.«

Reagan drehte sich um und fragte erstaunt: »Und das wäre?«

Mit ein paar schnellen Schritten durchquerte seine Mutter den Eingangsbereich und griff nach Reagans Tasche. »Wo haben Sie den her?«, fragte sie wütend und zog einen goldenen Füller, der in einem Fach an der Seite der Tasche gesteckt hatte, hervor. »Der gehörte Finns Vater.«

»Netter Versuch, aber ich habe den noch nie gesehen!«, erwiderte Reagan kalt.

»Sie sind also nicht nur ein billiges Flittchen, sondern auch eine Diebin.«

»Mutter!«

»Nichts Mutter! Du siehst doch, was sie getan hat.« Finn sah zwischen Reagan und seiner Mutter hin und her.

»Ich habe gar nichts getan«, fauchte Reagan.

»Ach ja? Und wie kommt dieser Füller, von dem es weltweit nur zehn Exemplare gibt, in Ihre Tasche?«

Reagan baute sich vor seiner Mutter auf und sagte: »Wenn ich raten müsste, dann weil Sie ihn mir untergeschoben haben.«

»Ach ja? So wie die teure Unterwäsche, die Sie vor eineinhalb Jahren in Los Angeles haben mitgehen lassen? Gucken Sie nicht so erstaunt, Miss Sweets. Ich habe meine Hausaufgaben gemacht und Erkundigungen über Sie eingezogen. Es lag eine Anzeige gegen Sie vor …«

»… die fallen gelassen wurde.« Reagan stand die Schamesröte im Gesicht. Hilflos sah sie zu Finn, der nicht wusste, was er sagen sollte.

»Keine Ahnung, wie Sie das damals geschafft haben. Hier kommen Sie jedenfalls nicht ungeschoren davon. Ich rufe jetzt die Polizei.«

Reagan verschränkte die Arme vor der Brust: »Bitte, dann tun Sie das. Meine Fingerabdrücke wird man auf dem Ding nicht finden.«

»Sie halten sich wohl für besonders clever, was? Aber das sind Sie nicht. Hätten Sie den Füller einfach in Ihre Tasche gesteckt, dann wäre er nun fort und Sie wären um siebzigtausend Dollar reicher.«

»Was?«, platzte es aus Reagan heraus. »Dieses protzige, selten hässliche Ding kostet siebzigtausend Dollar? Sie machen Witze!«

»Sehe ich aus, als würde ich Witze machen? Bleiben Sie hier und rühren Sie sich nicht von der Stelle. Ich rufe jetzt die Cops.«

Finn sah seiner Mutter nach, während sie im Stechschritt davonmarschierte. Er wandte sich Reagan zu: »Was war das für eine Sache in Kalifornien und wie kommt der Füller in deine Tasche?«

Reagans geschockter Gesichtsausdruck verriet Finn, dass er einen Fehler begangen hatte. Ihre Augen füllten sich mit Tränen und ehe er etwas sagen konnte, um seine harsche Frage abzumildern, fragte sie fassungslos: »Du glaubst ihr? Du denkst, dass ich dieses potthässliche, protzige Ding klauen wollte?«

»Ja! Nein … Ich frage mich nur, wie es in deine Tasche kommt«, stammelte Finn.

Reagan schüttelte ungläubig den Kopf. »Du hältst mich allen Ernstes für eine

Diebin, ja? Scheiße, Finn!« Sie schlug sich die Hand vor den Mund und begann zu weinen.

»Das habe ich doch gar nicht gesagt. Ich weiß bloß gerade nicht, was ich denken soll.«

»Was du denken sollst? Du sollst gar nicht denken. Die Frage ist doch, was fühlst du?«

»Ich weiß es nicht, Reagan!«

Sie schluchzte laut auf und wandte sich dann von ihm ab. Finn beobachtete, wie sie sich auf der Treppe, die nach oben führte, niederließ, die Ellbogen auf den Knien abstützte und das Gesicht in ihren Händen vergrub. Ihre Schultern bebten und er fragte sich, warum sie weinte. War es, weil man sie beim Stehlen erwischt hatte oder weil er ihr misstraute und die Vorwürfe haltlos waren. Finn wusste in diesem Moment einfach nicht, wem er glauben sollte. Seiner Mutter oder Reagan … Egal welche der beiden Frauen im Recht war, es bedeutete, dass die andere ihn benutzt und versucht hatte, ihn zu verarschen.

Obwohl er unsicher war, ertrug er Reagans Anblick nicht länger. Sie wirkte so verzweifelt. Finn ging auf sie zu und legte ihr eine Hand auf die Schulter, die sie aufgebracht beiseite schlug. Sie starrte zu ihm hoch. »Reagan«, begann er leise, denn in diesem Moment wurde ihm bewusst, wie sehr er sie verletzt hatte. Er hatte in Erwägung gezogen, dass sie eine Diebin sein könnte und …

»Fass mich nicht an, Finn!«

»Es tut mir leid!« Verdammt, er war so ein Idiot! Er hatte sich geirrt. Wie hatte er auch nur eine Sekunde an ihr zweifeln können. Der Ausdruck in ihren Augen war eine Mischung aus Unglauben, Kränkung und Schmerz gewesen.

»Das ist mir gerade so was von egal!« Draußen fuhr ein Streifenwagen auf den Vorplatz und seine Mutter eilte herbei, um die Beamten einzulassen.

»Wie können wir helfen?«, fragte einer der beiden Beamten.

»Die neue Freundin meines Sohnes hat versucht, diesen Füller …« Sie hielt ihn wie ein Beweisstück hoch. »… zu entwenden.«

»Sie rufen uns mitten in der Nacht wegen eines Stifts an?«, fragte der andere Cop.

»Wegen eines Siebzigtausend-Dollar-Füllers von Graf von Faber-Castell.« Einer der Cops stieß einen schrillen Pfiff aus. »Der Schaft ist aus 18 Karat Gold und in Kappe und Schaftende sind je ein Madeira-Citrin eingelassen, die von achtundfünzig Diamanten umringt sind.«

Reagan straffte ihre Schulter, als der Cop sie zu ihrer Darstellung der Situation befragte. Sie wischte sich die Tränen von den Wangen. »Ich habe ihn nicht eingesteckt. Ich habe das Ding zuvor noch nie gesehen und mir geht es da ähnlich wie Ihnen. Ich kann auch nicht begreifen, wie jemand für so ein hässliches Teil so viel Geld zum Fenster rauswerfen kann, aber über Geschmack lässt sich ja bekanntlich nicht streiten.«

»Stimmt, sonst wäre Finn ja weiterhin mit Vicky zusammen und nicht mit Ihnen«, ätzte seine Mutter.

»Und da wären wir auch schon bei dem Motiv, das Mrs. Westton hat, um mir den Füller unterzuschieben. Sie hasst mich, weil ich nicht mit einem goldenen Löffel im Mund geboren wurde und ihr Sohn ihrer Meinung nach viel zu gut für mich ist.«

Seine Mutter strich sich würdevoll den blonden Bob glatt. »Und Ihre Ausrede für den Diebstahl in Kalifornien ist ebenfalls eine böse Schwiegermutter?«

»Es gab schon mal einen Vorfall?«

Finn beobachtete Reagan, während seine Mutter den Beamten von der Anzeige berichtete. Seine Freundin biss sich auf die Unterlippe und starrte auf ihre Fußspitzen. Sie wirkte beschämt und Finn fragte sich erneut, was damals in L.A. passiert war.

»Ich habe ihr bereits gesagt, dass ich sie mit dieser Sache hier nicht so einfach davonkommen lassen werde. Ich erstatte

Anzeige und wenn ich mich nicht irre, dann ist es ein Fall von schwerem Diebstahl.«

Der Beamte nickte. »Miss Sweets, unter diesen Umständen müssen wir Sie leider bitten, mit aufs Revier zu kommen.«

Reagan nickte stumm und begleitete die Beamten mit nach draußen. Finn folgte ihr wie betäubt und sah zu, wie sie auf der Rückbank des Streifenwagens Platz nahm. »Hör zu, ich rufe einen Anwalt an und komme gleich nach, okay?«

»Spar dir die Mühe, Finn. Ich rufe Tris an. Er wird sich um mich kümmern.«

»Habe keine Angst, Sweety.«

»Ich habe keine Angst, Finn. Ich habe mit diesem Diebstahl …« Sie setzte das Wort Diebstahl mit den Fingern in Anführungszeichen. »… nichts zu tun. Richte deiner Mutter aus, dass sie dennoch gewonnen hat.«

»Inwiefern?«, fragte Finn verwirrt.

»Sie hat uns erfolgreich auseinander gebracht«, erwiderte Reagan, bevor die Tür des

Wagens geschlossen wurde. Hilflos musste Finn mitansehen, wie Reagan davonfuhr. Als sie außer Sicht war, fuhr er sich verzweifelt mit beiden Händen durch die Haare, legte seinen Kopf in den Nacken und gab einen markerschütternden Schrei von sich, in dem sich all seine Frustration entlud.

Der Schmerz, Reagan verloren zu haben, war so gewaltig und er bekam einen Eindruck davon, wie sehr sie gelitten hatte, nachdem er ihr nicht geglaubt hatte.

Wutentbrannt stürmte er zurück ins Haus, er warf die Tür mit einem lauten Knall ins Schloss und machte sich auf die Suche nach seiner Mutter, die an der Bar stand und sich einen Cognac einschenkte.

»Diesmal bist du mit deinen Spielchen zu weit gegangen, Mutter!«, blaffte er.

»Ich?«, fragte sie unschuldig.

Finn baute sich vor ihr auf und erklärte: »Ich weiß, dass Reagan unschuldig ist.«

»Woher willst du das wissen? Du kennst dieses Mädchen nicht und die Anzeige in

Kalifornien spricht schließlich für sich, oder willst du mir unterstellen, dass ich da auch meine Finger im Spiel gehabt hätte?« Sie trank einen Schluck. »Die Kleine ist eine durch und durch unmoralische Person. Mit ihren weiblichen Reizen hat sie dir den Kopf verdreht und du bist zu einfältig, um das zu erkennen.«

Finn schnaubte ungläubig. »Erst ein schwanzgesteuerter Idiot und jetzt einfältig? Gut zu wissen, wie meine mich liebende Mutter über mich denkt.«

»Du kannst nichts dafür, Finn. Gräm dich nicht, du bist eben der Sohn deines Vaters.«

Finn schenkte sich eine Antwort und marschierte in sein Arbeitszimmer, wo er die Tür hinter sich abschloss. Sein erster Anruf galt Tristan. Er bat ihn, zu Reagan aufs Polizeirevier zu fahren und sich um sie zu kümmern.

»Warum fährst du nicht?«, wollte Tristan wissen. Finn hatte gehofft, dass Tristan ihn nicht danach fragte, doch ihm blieb schließlich nichts anderes übrig, als seinem Freund die ganze Geschichte zu erzählen.

»Fuck! Gott, Finn, wie dämlich kann man eigentlich sein? Bist du von allen guten Geistern verlassen? Du hast nicht ernsthaft an ihr gezweifelt, oder?«

»Die Sache in Kalifornien hat mich irritiert. Ich …«

»Finn, sie hat vergessen zu zahlen. Mehr nicht. Sie hat während des Einkaufens einen Anruf vom Krankenhaus bekommen, dass ihre Mutter im Sterben lag und ist kopflos aus dem Laden gestürmt. Erst ein paar Tage später fiel ihr auf, dass sie die Sachen einfach so mitgenommen hatte. Sie brachte sie in den Laden, erklärte, was geschehen war und die zogen die Anzeige zurück.«

Finn presste seine Kiefer fest aufeinander und atmete tief durch. »Woher weißt du das?«

»Finn, ich habe einen Vertrag mit ihr geschlossen. Ich habe sie natürlich überprüfen lassen und mit ihr, nachdem ich von dieser Anzeige gegen sie erfahren habe, geredet. Es ist mein Job, diese Dinge zu wissen, denn wenn sie erfolgreich wird, und das ist nur eine Frage der Zeit, dann tauchen solche Dinge irgendwann auf. Ich muss also wissen, was irgendwann mal auf mich zukommt und mir bereits jetzt eine Strategie überlegen.« Tristan gab einen genervten Laut von sich. »Ich kann echt nicht fassen, was für ein selten dämlicher Idiot du bist. Die Kleine liebt dich wie verrückt, nie würde sie etwas tun, was dir schadet und bei dem Vertrag, den sie unterschrieben hat, wäre es hirnrissig, sich etwas zu Schulden kommen zu lassen. Ich kann die Geschäftsbeziehung jederzeit aufkündigen, wenn sie sich etwas Derartiges leistet.«

»Ich rufe unseren Staranwalt an.«

»Nein, lass mich Noah anrufen. Reagan ist sicherlich zu stolz, um die Hilfe eines Anwalts in Anspruch zu nehmen, den du bezahlst. Mensch, mein Lieber, da hast du echt Mist gebaut.«

»Ich weiß. Sagst du ihr, dass es mir leidtut?«

»Ich kann es versuchen, aber ich würde nicht darauf bauen, dass Reagan dir verzeiht.«

Finn beendete das Telefonat und legte auf. Er ging zurück ins Wohnzimmer und war froh, dort nicht seiner Mutter zu begegnen. Ihren Anblick konnte er gerade beim besten Willen nicht ertragen. Er bediente sich an der Bar und nach den ersten Schlucken des Rémy Martin Blackpearl breitete sich ein warmes Gefühl in seinem Inneren aus, das seine aufgewühlten Gedanken beruhigte.

Finn nahm auf der Designercouch, die Reagan vermutlich ebenfalls als potthässlich bezeichnet hätte, Platz, legte den Kopf in den Nacken und dachte nach. Er musste die Sache mit ihr in Ordnung bringen. Ein Teil von ihm konnte noch immer nicht fassen, wie skrupellos und kalt seine Mutter sein konnte. Natürlich würde sie niemals zugeben, dass sie hinter dieser

Sache steckte und wenn es hart auf hart kam, konnte dieser vermeintliche Diebstahl für Reagan ernste Konsequenzen haben. Er musste es irgendwie schaffen, seine Mutter davon zu überzeugen, die Anzeige fallen zu lassen.

Finn machte sich auf die Suche nach ihr und als er sie im Haus nicht fand, rief er sie an. »Wo steckst du?«

»Ich bin auf dem Revier. Schließlich muss ich eine Aussage zu Protokoll geben. Doch anhand der stichhaltigen Beweise kommt deine kleine Freundin hier so schnell vermutlich nicht mehr raus.«

»Mutter, lass diesen Mist. Gib zu, dass du hinter dieser Sache steckst.«

Finns Hand schloss sich fest um das Telefon, als sie belustigt auflachte. »Hat dieses erbärmliche kleine Miststück dir doch tatsächlich den Floh ins Ohr gesetzt, dass ich etwas damit zu tun hätte. Siehst du nicht, was sie da versucht? Sie treibt einen Keil zwischen uns.«

»Die einzige, die einen Keil zwischen uns treibt, bist du und du wirst mich verlieren, wenn du diese Anzeige nicht zurückziehst, Mutter.« Mit diesen Worten beendete er das Gespräch. Inzwischen war er sich ganz sicher, dass sie etwas mit den Vorkommnissen zu tun hatte. Reagan war unschuldig. Sein Herz wollte und konnte gar nichts anderes mehr glauben. Wenn er seiner Mutter doch bloß nachweisen könnte, dass sie etwas mit dem Diebstahl zu tun hatte und dann plötzlich fiel es ihm wie Schuppen von den Augen.

Er eilte zurück ins Arbeitszimmer und ging systematisch die Aufzeichnungen der Überwachungsbänder der letzten Tage durch. Schließlich fand er den Moment, in dem der Füller in Reagans Tasche gesteckt wurde. Finn starrte fassungslos auf den Monitor, ehe er eine DVD mit dem Beweismaterial brannte, das Haus verließ und aufs Revier fuhr.

Kapitel 8

REAGAN

Es tat gut, wieder in Kalifornien zu sein. L.A. war einfach ihre Stadt und hier – mit Abby an ihrer Seite – ließ sich der Liebeskummer, den sie noch immer wegen Finn hatte, leichter ertragen.

Zum Glück musste sie auch auf Tristan nicht verzichten. Auch in L.A. gab es einen Sitz von ›Atomweight Records‹ und nach der erfolgreichen OP des gutartigen Tumors tat die Sonne Kaliforniens ihrem Freund und Producer sehr gut.

»Post für dich, Sweety!«, sagte Tristan und reichte ihr eine Postkarte und einen Brief.

»Nenn mich nicht Sweety, Tris, du weißt, das erinnert mich immer an Finn.«

»Das ist ja der Sinn der Sache, Sweety! Wann erkennst du endlich, dass du ohne diesen Kerl nicht leben kannst und willst?« Reagan seufzte leise und setzte sich auf. Sie schob sich die Sonnenbrille in die Haare und öffnete den Brief.

»Was ist das?«, erkundigte sich Tristan.

»Privatsache, geht dich gar nichts an«, foppte sie ihn.

»Du hast bei mir unterschrieben und dein Arsch gehört mir, Süße, also geht es mich sehr wohl was an.«

»Ich wurde als Zeugin in der Füller-Sache vorgeladen. Der Prozess gegen Vicky beginnt in rund einem Monat«, informierte sie ihn.

»Das Miststück wird sauber aus der Nummer rauskommen. Du wirst schon sehen. Die Van Camps können sich die besten Anwälte der Welt leisten.«

»Ich bin dennoch froh, dass Noah es abgelehnt hat, sie zu vertreten.«

»Auch wenn er ein schmieriger Winkeladvokat ist, so muss man Noah eines zugutehalten: Er hat Stil!«

»Oh ja, das hat er«, bekräftigte Reagan.

»Schläfst du noch mit ihm?«

Reagan schüttelte den Kopf. »Nein. Es war irgendwie unbefriedigend.« Tris kicherte belustigt und Reagan fügte erklärend hinzu: »Es lag nicht an Noah, sondern …«

»… sondern daran, dass du Finn nicht aus deinem hübschen Kopf bekommst. Ist mir klar!«

Der leise wehmütige Seufzer, der Reagan entschlüpfte, veranlasste Tristan, sich ihr gegnüber auf die Liege zu setzen. Er nahm ihre Hände und sagte: »Lieben, Sweety, heißt verzeihen zu können. Ich weiß, dass Finn dich verletzt hat. Er hat nun einmal eine echt miese Menschenkenntnis und kannst du ihm das verdenken? Sein Leben lang hat seine Mutter ihn manipuliert, damit er das tat, was sie wollte. Lies seine Karte. Er sehnt sich genauso nach dir, wie du dich nach ihm.«

Sie betrachtete nachdenklich die Postkarte, die aus Marseille stammte, drehte sie dann herum und begann zu lesen.

»Liebe Reagan,
ich hoffe, es geht dir gut. Wie du merkst, denke ich noch immer an dich, nicht zuletzt deshalb, weil du wirklich meine Welt verändert hast. Ohne dich wäre ich nun nicht hier und würde meine Träume leben. Ich hoffe, du lebst die deinen.
In Liebe, Finn«

Reagan blinzelte gegen die aufsteigenden Tränen an, versagte auf ganzer Linie und griff dankbar nach dem Taschentuch, das Tristan ihr reichte.

»Wenn er dich, nach all den Monaten, die seit eurer letzten Begegnung vergangen sind, noch immer derart berührt, Reagan, dann ist das Liebe und darum lohnt es sich zu kämpfen. Kein anderer Mann wird dir die Erfüllung schenken, die er dir schenkt. Nicht Noah, nicht dieser Surferboy, keiner … Ich weiß, du versuchst, weiterzumachen und das wäre auch völlig okay, wenn Finn ein egoistischer Mistkerl wäre, der dir am laufenden Band das Herz brechen würde, aber so ist er nicht, Reagan, und das weißt du auch. Er hat einen Fehler gemacht und er hat dich unzählige Male um Verzeihung gebeten. Nun ist es an dir, den nächsten Schritt zu gehen.«

Sie begann erneut zu weinen und ließ sich von Tris in die Arme ziehen. »Ich habe Angst, Tris.«

»Wovor?«

»Davor, dass er mir wieder wehtut. Es tat schrecklich weh. Ich dachte, ich könnte dieses Gefühl nicht aushalten.«

»Ich weiß, Kleines, aber es tut doch auch schrecklich weh, nicht mit ihm zusammen zu sein, oder?«

Reagan biss sich auf die Unterlippe und nickte. Der Schmerz, den sie dabei empfand, linderte den Schmerz in ihrem Inneren ein wenig.

»Er ist zurzeit in St. Tropez und segelt morgen weiter nach Nizza. Dort könntest du ihn erwischen, wenn du das willst.«

»Und dann?«

»Dann redest du mit ihm und gibst euch Zeit, alles zu verarbeiten und von vorne anzufangen.«

Keine zweiundsiebzig Stunden später stand Reagan am Yachthafen von Cannes. Warm brannte die Sonne der Côte d'Azur auf sie herab. Sie trug ein dünnes, kunterbuntes Sommerkleid – ein Hippiekleid, wie Vicky gesagt hätte –, das sich in der leichten Brise um ihre Beine bauschte. Alles an diesem Ort war hell und strahlend. Die Schönheit Frankreichs blendete sie, dagegen halfen auch die verspiegelten Gläser ihrer Sonnenbrille nichts. Auf der Fahrt mit dem Taxi vom Flughafen hierher hatte sie ihren Song ›Faded Dreams‹ im Radio gehört und der Fahrer, der sie nicht erkannte hatte, hatte ihr gesagt, dass es sein aktueller Lieblingssong sei und Reagan Sweets die neue Adele wäre. Sie hatte geschmunzelt und ihm ein ordentliches Trinkgeld gegeben.

Mit dem Rucksack auf dem Rücken und dem Gitarrenkoffer in der Hand machte sie sich auf den Weg ins Büro des Hafenmeisters, um sich zu erkundigen, ob Finn bereits eingetroffen war.

Nachdem sie die gewünschte Auskunft erhalten hatte, machte sie sich auf den Weg zum Liegeplatz der ›Faded Dreams‹. Es rührte sie, dass Finn sein Schiff nach ihrem Erfolgssong benannt hatte.

Unschlüssig blieb sie auf dem Bootssteg stehen, als sie ihn an Deck hantieren sah. Er sah umwerfend aus und eine gewaltige Sehnsucht, die sie seit ihrer Trennung monatelang versucht hatte zu unterdrücken, wallte in ihr auf. Reagan näherte sich vorsichtig der Yacht, betrat den Landgang und sagte: »Erbitte Erlaubnis, an Bord kommen zu dürfen.«

Finns Kopf ruckte hoch, er richtete sich auf und starrte sie ungläubig an. »Finn?«, fragte sie, als er nach einer gefühlten Ewigkeit noch immer nicht geantwortet hatte.

»Erlaubnis erteilt!«

Reagan schlüpfte aus ihren weichen Ballerinas und betrat das Deck des Einmasters. Finn eilte ihr zu Hilfe und nahm den Gitarrenkoffer entgegen. Er stellte ihn eilig beiseite und ehe Reagan irgendetwas sagen konnte, hatte er sie bereits in seine Arme gezogen und senkte seine Lippen auf ihre. Reagan unternahm nicht einmal den Versuch, sich ihm zu entziehen, denn als seine Zunge in ihren Mund eintauchte, empfand sie mehr Befriedigung als beim Sex mit Noah oder dem Surfer, von denen sie sich hatte versuchsweise trösten lassen.

Heftig knutschend taumelten sie über das Deck und zur Treppe, die hinunter zu den Kajüten führte. Sie unterbrachen den Kuss nur, um unbeschadet unter Deck zu gelangen, wo sie erneut voller Inbrunst übereinander herfielen.

»Ich kann nicht glauben, dass du hier bist, Sweety«, raunte Finn in ihr Ohr und packte ihren Hintern, um sie noch enger an sich zu ziehen.

»Wo sollte ich sonst sein?«

»In Kalifornien«, stieß er hervor. »Da, wo du all die Monate warst, um mir aus dem Weg zu gehen.« Sein Vorwurf – auch wenn er gerechtfertigt war – schmerzte.

»Finn, ich … es tut mir leid.«

»Ja, mir auch. Bitte lass es uns vergessen.«

Reagan nickte atemlos und stürzte sich dann wieder in seine Arme. Gott, wie hatte sie diesen Mann vermisst. Kein Tag war vergangen, an dem sie nicht voller Kummer an ihn gedacht hatte. Ständig hatte sie sich gefragt, ob er das Risiko, erneut verletzt zu werden, nicht doch wert war. Natürlich war er das, doch sie war feige gewesen, hatte sich bei jeder seiner Annäherungen noch mehr zurückgezogen und erst, als er zu dem Segeltörn, den er schon immer hatte machen wollen, aufgebrochen und zeitweise völlig aus ihrem Leben verschwunden gewesen war, hatte sie begonnen, weich zu werden.

»Ich liebe dich«, flüsterte sie an seinen Lippen, bevor er sie das nächste Mal küssen konnte.

»Ich werde dich auch lieben, aber erst muss ich in dir sein und zwar jetzt!«

»Kondome!«

Finn nickte. »Ich hoffe, du hast welche dabei.«

»Im Gitarrenkoffer.« Sie blickte Finn nach, wie er die Treppe nach oben eilte, zog sich dabei aus und als er mit dem Gitarrenkoffer zurückkam, erwartete sie ihn nackt. Finn stoppte abrupt und starrte sie an.

»Ich hatte vergessen, wie wunderschön du bist«, murmelte er staunend. Reagan lächelte verzückt, als Finn näherkam und sie berührte. Er legte seine Hände auf ihre Hüfte, hob sie dann auf die schmale Arbeitsfläche der Pantry und platzierte sich zwischen ihren Beinen.

»Wenn ich dich gleich nehme, dann wird das vermutlich ziemlich unbeherrscht sein und ich kann dir nicht versprechen, dass ich lange durchhalte. Ich war seit einer Ewigkeit mit keiner Frau mehr zusammen. Die Letzte mit der ich es wie von Sinnen getrieben habe, war so eine kleine Sängerin, die gut zehn Jahre jünger ist als ich und eine göttliche Stimme hat. Leider habe ich mich wie ein Esel benommen und es mir ordentlich mit ihr verscherzt. In dem halben Jahr, das seit unserer Trennung vergangen ist, verging kein Tag, an dem ich nicht gehofft habe, sie würde zu mir zurückkommen und mir verzeihen. Ich habe für eine zweite Chance gebetet.«

Reagans Herz öffnete sich ihm und sie musste beklommen schlucken, ehe sie sich dazu in der Lage sah, ihm zu antworten: »Ich denke, damit kann ich leben. Wir haben ja von nun an alle Zeit der Welt.«

»Ja?«, fragte Finn hoffnungsvoll.

Reagan griff in seine blonden Haare, zog seinen Kopf zu sich heran und küsste ihn leidenschaftlich. »Ja!«

»Bist du bereit?«, erkundigte er sich einen Moment später, als er sich das Kondom überstreifte. Sie nickte knapp und im nächsten Augenblick war er bereits in ihr. Es fühlte sich an, wie nach Hause zu kommen.

»Ich liebe dich!«, stöhnte Finn in ihren Mund, ehe er seine Zunge wieder hineintunkte und über die ihre leckte. »Du hast mir so gefehlt!«

Reagan grub ihre Finger in seinen sexy Hintern und spreizte ihre Beine weit für ihn, während Finn wieder und wieder keuchend in sie stieß. Sie konnte ihr Glück, in diesem Moment mit ihm hier zu sein, nicht fassen und als ihr eine Träne über die Wange lief, zog Finn sich schlagartig aus ihr zurück, nahm ihr Gesicht in beide Hände und küsste sie so zärtlich, dass es ihr den Atem raubte.

»War ich zu heftig? Habe ich dir wehgetan?«

Reagan schüttelte den Kopf. »Nein, du hast mir nur auch wahnsinnig gefehlt und es fühlt sich an, als wäre ich nach Hause gekommen. Gott, ich liebe dich so sehr. Komm um Himmels willen wieder her.«

Finn lachte und schüttelte den Kopf. Er reichte ihr die Hand, zog sie von der Platte herunter und führte sie in seine Kajüte. »Ich kann verstehen, dass du überwältigt bist. Bin ich auch und ich kann mir jetzt auch wieder Zeit lassen. Es war nur … Ich konnte nicht anders, ich musste dich in dem Moment besitzen, musste in dir sein, um dir meinen Stempel aufzudrücken, dich zu brandmarken, um sicherzugehen, dass du mir nie wieder wegläufst. Ich habe jeden Moment ohne dich gehasst, Sweety!«

»Ich weiß, was du meinst. Ohne dich ist es kein richtiges Leben. Es ist irgendwie bedeutungslos und selbst die wunderschönen Momente lassen sich nicht richtig genießen. Es gab unzählige Augenblicke, die ich gerne mit dir geteilt hätte.«

»In Gedanken war ich immer bei dir.« Er schob seinen Körper über sie und versenkte sich erneut in ihr. Reagan seufzte leise und erleichtert auf. In seinen Armen zu liegen war das beste Gefühl, das sie sich vorstellen konnte und nichts auf der Welt würde sie je wieder auseinanderbringen.

Sehr viel später lagen sie schweißnass aneinander gekuschelt zusammen unter Deck. Die Geräusche des Hafens drangen gedämpft durch das offene Fenster über ihnen. Das Kreischen der Möwen, das sanfte Schaukeln des Boots und Finns gleichmäßiger Herzschlag übten eine hypnotisierende Wirkung auf Reagan aus und zum ersten Mal seit ihrer Trennung kam sie zur Ruhe.

»Meine Mutter und ich haben keinen Kontakt mehr«, informierte Finn sie. »Ich habe mich aus der Firma und von ihr vollständig zurückgezogen.«

»Warum? Ich dachte Vicky …«, begann Reagan.

»Ja, Vicky hat dir den Füller untergeschoben, aber meine Mutter hat sie angestiftet. Vicky hat keinen Grund zu lügen. Meine Mutter hingegen streitet nach wie vor alles ab. Es tut mir fast ein wenig leid für meine Ex, denn sie hielt so viel von meiner Mutter.« Finn schluckte trocken und Reagan sah, wie verletzt er auch nach all den Monaten noch war. »Ich versteh nicht, wie sie mir das antun konnte.«

»Ich denke, dass sie wirklich nur dein Bestes wollte, oder zumindest das, was in ihren Augen das Beste für dich war und das war eben nun einmal nicht ich.«

Finn nickte bedächtig, sagte dann jedoch: »Das spielt aber keine Rolle. Viel zu lange habe ich mich ihrem Willen gebeugt, habe das gemacht, was von mir erwartet wurde und du, Sweety, bist meine ganz persönliche Rebellion.«

Reagan grinste. »Ich mache dich gerne rebellisch, aber ich liebe es auch, wenn du für mich strammstehst.«

»Das, meine Hübsche, sollte kein Problem sein«, meinte Finn, beugte sich zu ihr und küsste sie liebevoll. »Meine Dankbarkeit dafür, dass du in mein Leben geplatzt und meine Welt bis in die Grundfesten erschüttert hast, ist dir sicher und ich werde sie dir jeden Tag beweisen.« Sein

Versprechen rührte Reagan, doch sie hatte keine Angst mehr. Die war bereits mit dem ersten stürmischen Kuss davongetragen worden.

Sie strich Finn eine Strähne seiner blonden Haare aus dem Gesicht. Er trug sie inzwischen kinnlang und Reagan fand, dass er noch nie so sexy ausgesehen hatte. »Ich habe dir das noch nie gesagt, Finn, aber auch du bist dazu in der Lage, die Welt zu verändern. Meine jedenfalls hast du ein für alle Mal zu einer besseren gemacht.«

Bonusszene Finn und Reagan – 01

FINN – Dezember 2016

»Es gibt etwas, das ich dir sagen muss«, sagte Reagan, als sie vor dem Spiegel stand und sich betrachtete. Sie trug ein goldenes Kleid im 20er-Jahre-Look und sah aus wie ein Flapper Girl. Finn fand sie atemberaubend schön. Er trat hinter sie und hauchte ihr einen Kuss auf den Hals. Reagan seufzte.

»Was willst du mir sagen?«, fragte er und ließ seine Hände über den mit Stickereien und Pailletten verzierten Stoff gleiten. Reagan seufzte erneut, diesmal jedoch vor Erregung. Finn schmunzelte. Er liebte, wie sie auf seine Berührungen reagierte.

»Ich kann es dir aber nicht sagen, wenn du das hier machst«, murmelte sie.

»Dann kann es nicht wichtig sein«, knurrte er und zog sie dichter an sich. Sein erigierter Penis dürckte durch den dünnen Stoff seiner Anzughose gegen Reagans Hintern.

Reagan schloss die Augen und gab ein verlagendes Stöhnen von sich, als seine Hände sich um ihre gut verpackte Oberweite schlossen. »Es ist sogar sehr wichtig! Ich müsste es dir seit Wochen sagen, aber … ich habe immer eine gute Ausrede gefunden, es nicht zu tun und heute … heute …« Sie keuchte leise auf, als er seine Hand in ihren Ausschnitt schob und ihre linke Brust umfasste.

»Was ist heute?«

»Noahs Party!«

»Und?« Finn runzelte die Stirn. »Ich denke, dass wir uns prächtig amüsieren werden. Es ist immerhin sein Dreißigster und …« Er zupfte an ihrem Nippel. »… und das Motto lässt tief blicken.« Er schielte vielsagend in ihren Ausschnitt. »Du siehst unfassbar scharf aus, Sweety!«

»Finn! Lass das!«, platzte es aus ihr heraus. Ihr scharfer Tonfall ließ ihn innerlich zusammenzucken. Reagan drehte sich zu ihm herum. »Ich muss es dir sagen, bevor wir Noah treffen.« Als er die Tränen in ihren Augen sah, wusste er bereits, was sie ihm sagen würde und der Gedanke daran brachte ihn beinahe um.

»Wann?«, presste er mühsam beherrscht hervor.

»Als wir getrennt waren!«, stieß Reagan schluchzend hervor. Tränen liefen ihr über die Wangen und der Ausdruck in ihren Augen war eine einzige Bitte um Verzeihung, doch Finn konnte ihren Anblick in diesem Moment nicht ertragen, geschweige denn ihr vergeben. »Wann sonst?« Ja, wann sonst? Seit sie wieder zusammengekommen waren – vor fast zwei Monaten –, hatten sie zusammen Europas Küste besegelt. Nur einmal war Reagan in New York gewesen, um sich mit Tristan wegen der geplanten Tournee zu treffen und Papiere zu unterschreiben.

»Als du geschäftlich hier warst vielleicht?«

»Du denkst, ich würde dich betrügen?« Finn schluckte beklommen. Nein, das dachte er nicht. Es tat nur einfach so verdammt weh. Er rang sich dazu durch, den Kopf zu schütteln. »Gut, denn das würde ich niemals machen.«

Sie hob ihre Hand, wollte sie auf seine Wange legen, doch Finn wusste, dass er eine Berührung erst recht nicht aushalten konnte. Er wandte sich ab und trat an das bodentiefe Fenster heran. Der Blick über die nächtliche Stadt war atemberaubend und einen Moment lang beruhigte er Finns aufgewühltes Gemüt. Doch bloß solange, bis der bildliche Gedanke von Reagan zusammen mit Noah sich wieder in den Vordergrund drängte. Er konnte und wollte nicht begreifen, dass sie mit ihm Sex gehabt hatte.

»Finn!«, sagte Reagan und trat von hinten an ihn heran. »Wir waren getrennt und ich … es gab in dieser Zeit andere Männer.«

Finn presste seine Kiefer aufeinander und starrte in die Nacht hinaus. Die hell erleuchteten Häuserschluchten unter ihnen hatten schon immer eine Faszination auf ihn ausgeübt. Doch in diesem Moment konnte er den Anblick nicht genießen, denn all seine Gedanken drehten sich um die Zeit ihrer Trennung und die Männer, mit denen Reagan damals zusammengewesen war. Er hatte sich nicht eingebildet, dass es in diesem halben Jahr niemanden gegeben hätte und damit kam er auch irgendwie klar, aber Noah? Das war eine ganz andere Hausnummer. Er kannte Noah seit einer Ewigkeit. Sie hatten sich während des Studiums in Harvard kennengelernt und … »Warum Noah?«, platzte es aus ihm hervor. »Fuck, Reagan, hättest du nicht mit irgendeinem anderen Kerl rumvögeln können?« Finn kam sich verraten vor und er fragte sich, warum Noah nichts dazu gesagt hatte. Es kotzte ihn an, dass er es so hatte erfahren müssen. »Wusste Tristan davon?«, wollte er wissen.

Reagan nickte betreten. »Finn«, begann sie. »Es ist damals einfach so passiert. Ich …«

»Verschon mich mit diesen Klischee-Sprüchen, Reagan! So was passiert nicht einfach so.«

»Du hattest dich entschieden, du …«

»Nein! Du hattest dich entschieden und dich unversöhnlich gezeigt! Ich habe den Bruchteil einer Sekunde, nachdem ich es gesagt hatte, erkannt, dass ich Mist gebaut hatte. Ich wollte mich entschuldigen, doch …«

»… du hast mich für eine Diebin gehalten, Finn! Und nicht nur das! Du hast gedacht, ich hätte dich mit Noah betrogen.«

Finn schnaubte verärgert. »So ist es auch!«

»So ist es nicht! Wir waren damals kein Paar. Ich dachte, es wäre aus und vorbei!« Reagan stand nun dicht vor ihm. Sie wirkte aufgebracht und schrie ihn an.

»Weil du uns aufgegeben hattest! Du hast uns aufgegeben und nicht ich! Ich habe einen Fehler gemacht, einen schrecklichen, dummen Fehler. Ich war unsicher! Wir kannten uns kaum und dann …«

»Die Sache mit L.A. und der Anzeige wegen Diebstahls dort, die hat dich aus dem Konzept gebracht, ich weiß! Aber …«

»Kein ›Aber‹, Reagan. Ich habe Scheiße gebaut und ich habe mich eine Million Mal deshalb entschuldigt, aber du hattest nichts Besseres zu tun, als mit Noah zu vögeln!

Wolltest du mir damit wehtun? Herzlichen Glückwunsch! Das ist dir hervorragend gelungen. Du kannst alleine auf die beschissene Party gehen. Vielleicht lutschst du ihm den Schwanz. Ist sicher ein nettes Geburtstagsgeschenk!«, blaffte Finn und marschierte ins Schlafzimmer. Knallend fiel die Tür hinter ihm ins Schloss.

REAGAN

»Weißt du was? Das mache ich vielleicht sogar!«, rief Reagan ihm aufgebracht hinterher. Doch die erhoffte Reaktion blieb aus. Finn kam nicht zurück in den großzügigen Wohnbereich seines New Yorker Lofts, sondern blieb im Schlafzimmer. *Fuck*, dachte sie verzweifelt. Sie hatte geahnt, dass er diese Neuigkeit nicht gut aufnehmen würde. Wäre Finn wieder mit seiner Ex im Bett gelandet, hätte sie das ähnlich getroffen und genau aus diesem Grund hatte sie die ganze Zeit über geschwiegen. Reagan seufzte. Vielleicht hätte sie auch weiterhin den Mund darüber halten sollen, doch sie war nun einmal eine miese Schauspielerin und sich sicher gewesen, dass Finn ihr diese stürmische Liebschaft mit Noah an der Nasenspitze ansehen würde. Sie hätte es lieber drauf ankommen lassen sollen. Verdammt! Ärgerlich wischte Reagan sich die Tränen von den Wangen.

Schon damals auf dem Boot, als Finn ihr gestanden hatte, dass es in der Zeit ihrer Trennung keine andere gegeben hatte, hätte sie ihm reinen Wein einschenken müssen. *So ein Mist*, dachte sie und atmete zittrig ein und aus. Sie ging zu ihrer Handtasche hinüber und fischte nach ihrem Handy, dann wählte sie Noahs Nummer.

»Hi!«, begrüßte er sie.

»Hallo, Geburtstagskind, herzlichen Glückwunsch.«

»Sag nicht, dass ihr nicht kommt.«

»Doch, wir kommen nicht. Tut mir leid. Ich … ich habe Mist gebaut, Noah.«

»Bitte nicht! Bitte sag mir, dass du es ihm nicht gesagt hast«, bat Noah und seine Stimme klang flehend.

Reagan setzte sich aufs Sofa, ein edles Designerstück, und zog die Beine an. »Tut mir leid«, wisperte sie.

»Warum sagst du ihm das? Es hatte doch nichts zu bedeuten und … Scheiße, Reagan!« Sie schluckte trocken und begann erneut, zu weinen. »Was hat er gesagt? Wie … Fuck, er wird mir den Arsch aufreißen.«

»Er hat gesagt, ich soll zu dir fahren und dir den Schwanz lutschen. Als mein Geburtstagsgeschenk und nun redet er nicht mehr mit mir, also kann man wohl mit Fug und Recht behaupten, dass er es nicht sonderlich gut aufgenommen hat.« Sie verstummte einen Moment lang und schob dann hinterher: »Aber ich musste es ihm sagen, denn er … ich war mir sicher, dass er es mitbekommen würde und ich habe es schon die ganze Woche vor mir hergeschoben. Ich hätte es ihm damals, nach unserer Versöhnung, direkt sagen müssen.«

»Wäre jedenfalls ein besserer Zeitpunkt gewesen. Vor zwei Monaten war er einfach nur glücklich, dich zurückzuhaben«, stimmte Noah ihm zu. »Merk dir das für die Zukunft.«

»Und was soll ich jetzt machen? Er ist stinksauer und …«

»Na ja, sicherlich würde es helfen, wenn du ihm den Schwanz lutschen würdest.«

»Witzig! Dazu müsste ich ja erst mal an ihn rankommen und das ist im Moment ausgeschlossen. Gott, Noah, es tut mir so leid. Ich wollte dir nicht den Geburtstag verderben.«

»Keine Sorge, das hat der Fall, an dem ich zurzeit dran bin, bereits getan. Sieh einfach zu, dass sich das zwischen euch wieder einrenkt, okay. Ein besseres Geburtstagsgeschenk kannst du mir nicht machen.«

»Danke, Noah. Trotzdem eine schöne Party.« Reagan legte auf und kaum hatte sie das Gespräch beendet, da klingelte ihr Telefon. Abbys Name stand groß und breit auf dem Display. »Abby«, meldete sich Reagan und fragte: »Was gibt es?« Sie versuchte, nicht verweint zu klingen.

»Finn telefoniert gerade mit Tris und macht ihm die Hölle heiß«, brach es aus Abby hervor, »weil du mit Noah geschlafen hast. Er behandelt Tris wie einen miesen Verräter, nur weil er ihm die ganze Sache nicht erzählt hat. Ich habe dir gesagt, dass das übel ausgeht, Sweets, aber du wolltest nicht hören und nun haben wir den Salat. Warum musstest du ausgerechnet mit Noah schlafen?«

Reagan hatte nie bereut, mit dem smarten und attraktiven Staranwalt im Bett gelandet zu sein. Noah hatte ihr Halt und Trost gespendet, als sie wegen der Trennung von Finn völlig verzweifelt war. Sie hatte ihn gebraucht und es war gut gewesen, doch jetzt – in diesem Moment bereute sie es wahnsinnig. »Abby, ich muss Schluss machen und mit Finn reden«, sagte sie und legte auf, ehe Abby etwas erwidern konnte.

FINN

»Scheiße, Mann, ich könnte Noah den Hals umdrehen. Dieser miese Bastard. Ich …«

»Ihr wart kein Paar, Finn, er …«

»Das macht keinen Unterschied!«

»Ich weiß«, murmelte Tristan betreten. »Vielleicht siehst du es aus einem anderen Blickwinkel. Er war da, als sie jemanden brauchte. Ist es da nicht besser, sie war bei ihm und in guten Händen als bei irgendeinem Fremden, dem sie nichts bedeutet hat? Das jedenfalls sage ich mir immer, wenn ich daran denke, dass Abby mit Chandler geschlafen hat.«

»Abby hat mit Chandler geschlafen? Wann?«

»Kurz bevor wir zusammengekommen sind. Es ging ihr mies wegen mir. Sie war verzweifelt und hatte Liebeskummer und er war da. Er war – so bitter das auch ist – ihr Ritter in weißer Rüstung, der sie an diesem Abend, der für sie unendlich schmerzhaft und verletzend war, gerettet hat und ehrlich, wenn ich mir vorstelle, wie es ihr ging, dann ist das okay, weißt du? Mir war es jedenfalls immer lieber, wenn Reagan Noah getroffen hat und nicht diesen Surfer – bei ihm hatte ich ein besseres Gefühl. Ich wusste, dass er sich um sie kümmern würde.«

»Ja, indem er seinen beschissenen Schwanz in sie gesteckt hat«, grollte Finn. »Hatte ich erwähnt, dass ich ihm am liebsten den Hals umdrehen würde …«

»Gut, dann hau ihm eine rein. Habe ich bei Chandler auch gemacht, aber es ändert nichts an der Tatsache an sich. Damit musst du dich wohl oder übel arrangieren.«

Finn seufzte niedergeschlagen, denn er wusste – tief in sich drin –, dass Tristan trotz allem recht hatte. Ja, er hasste den Umstand, dass Noah und Reagan eine Affäre miteinander gehabt hatten. Doch andererseits: Wenn es ihr nur ansatzweise so wie ihm in dieser Zeit ergangen war, dann wünschte er sich, dass es da jemanden gegeben hatte, der es erträglicher gemacht hatte.

Die Tür ging auf und Reagan trat ein. Sein Blick fiel auf ihr verweintes Gesicht. Sie sah verzweifelt aus. Er liebte sie und es tat ihm weh, sie so zu sehen. »Ich muss Schluss machen,

Tris!«, sagte Finn, legte auf und war mit zwei schnellen Schritten bei Reagan. Er zog sie in seine Arme und küsste sie voller Leidenschaft.

»Es tut mir leid!«, wisperte sie. »Es tut mir so schrecklich, schrecklich leid!«

»Mir auch!«, raunte er ihr zu.

»Du hast recht. Ich wollte mich damals an dir rächen. Ich … ich war so wütend auf dich und Noah, er … aber es war nicht nur das. Viel entscheidender war, dass er …«

»Das ist nicht wichtig! Und du hast recht, wenn du sagst, dass wir damals kein Paar waren.«

Er küsste sie erneut, so heftig und hungrig, dass Reagan einen Moment lang vergaß, etwas zu erwidern. Finn schob sie in Richtung der Schlafzimmertür, bis sie mit dem Rücken dagegenstieß. »Finn!«, keuchte sie, als er sie emporhob. Sie hörte, wie er seinen Gürtel löste und seinen Reißverschluss öffnete. Reagan fasste zwischen ihre Körper, die nacheinander gierten und zog ihren Slip beiseite. Sie seufzte seinen Namen erneut, als er sich in ihr versenkte – hart, beinahe schmerzhaft. »Ich liebe dich!« Reagan klammerte sich an seinen Schultern fest und erwiderte seine Beteuerung. Ihr Stöhnen und das rythmische Klatschen von Haut auf Haut erschütterten das Schlafzimmer. Dem Akt haftete etwas Drängendes an. Wie im Fieber fielen Finn und Reagan übereinander her und versicherten sich unaufhörlich ihrer Liebe.

Später – dem ersten verzweifelten Sex, war eine zärtlichere Runde gefolgt – lagen Finn und Reagan engumschlungen zwischen verschwitzten Laken. Das schöne, sündhaft teure Kleid lag achtlos auf dem Boden. Reagans Kopf ruhte auf Finns breiter Brust und er streichelte sanft über ihren Rücken.

»Wenn wir uns beeilen, dann sind wir noch rechtzeitig zu Noahs Geburtstag vor Ort«, sagte Finn kaum hörbar.

Reagan richtete sich auf und fragte erstaunt: »Willst du das wirklich? Vielleicht solltest du erst einmal …«

»Nein, Tris hatte mit dem, was er gesagt hat, völlig recht. Du hast Noah damals gebraucht und es ist gut, dass er es war, der dich aufgefangen hat. Er war doch gut zu dir, oder?«

Reagan nickte knapp. »Er ist ein feiner Kerl und es ging auch nicht von ihm aus. Ich habe es wirklich drauf angelegt, also wenn du auf jemanden sauer sein willst, dann …«

Finn griff in ihre blonde Mähne und zog ihren Kopf zu sich. Er küsste sie lange und behutsam. »Nein, ich will nicht sauer sein und ich denke, dass unsere Trennung einen Grund hatte. Wir haben es damals etwas überstürzt, meinst du nicht auch?«

Erneut nickte Reagan. »Ja, aber ich war so froh, dass ich endlich eine Chance bei dir hatte und …«

»… und ich war froh, dass ich die richtige Entscheidung getroffen hatte, aber trotzdem sind wir völlig kopflos in diese Beziehung gestürmt. Wir haben uns gar keine Zeit gegeben, uns weiter kennenzulernen, weil wir schlicht und ergreifend nur gevögelt haben.«

Reagan lachte glockenhell auf. »Als ob es eben anders gewesen wäre.«

»Aber wir reden jetzt, Sweety!«

»Das sollte auch keine Beschwerde sein. Ich hätte es nicht andersrum haben wollen. Das Beste am Streiten ist schließlich der Versöhnungssex.«

»Und? Bist du ausgesöhnt?«

»Noch nicht völlig. Das kann noch ein paar Tage dauern, und du?«

»Dito! Und jetzt sollten wir uns rasch fertig machen. Noah, der alte Sack, wird schließlich nur einmal dreißig.«

Gerade noch rechtzeitig trafen Reagan und Finn bei Noahs Appartement ein. Der Gastgeber zeigte sich überrascht, sie zu sehen. »Hey, das ist ja toll, dass ihr kommt!« Doch Noahs Freude wirkte verhalten und er entspannte sich erst, als Finn ihm zuraunte: »Mach dich locker, Mann, ich habe nicht vor dir, wie von Tristan empfohlen, eine reinzuhauen. Im Gegenteil, je länger ich drüber nachdenke, umso dankbarer bin ich dir – irgendwie jedenfalls, wenn du verstehst, was ich meine.«

»Ehrlich gesagt nicht, Bro!«

»Du warst für sie da, hast dafür gesorgt, dass es ihr besser ging … ich liebe sie. Ich will, dass es ihr gut geht und ändern kann ich sowieso nichts an der Vergangenheit, also …«

»Gute Einstellung, Mann!«

Die Uhr schlug Mitternacht. Finn grinste Noah an, breitete die Arme aus und drückte ihn fest an sich. »Happy Birthday! Auf ein neues Lebensjahr voller Abenteuer, gewonnener Fälle und zufriedener Mandanten.«

»Klingt gut, aber wenn ich ehrlich bin, dann hätte ich gerne das, was ihr miteinander habt.«

»Das wirst du sicherlich auch irgendwann finden«, versicherte Finn seinem Freund und machte dann den anderen Freunden Platz, die bereits anstanden, um das Geburtstagskind zu beglückwünschen. Reagans und Finns Blicke kreuzten sich. Lautlos sagte er: »Ich liebe dich!« Reagan lächelte bezaubernd und erwiderte auf die gleiche Weise: »Ich dich auch!«

Bonusszene Finn und Reagan – 02

REGAN – Sommer 2018

»Heute ist ein ganz besonderer Tag!«, rief Reagan. Die Menschenmenge vor ihr rastete schier aus, weil sie mit ihnen sprach und nicht nur den Showact durchzog. »Wisst ihr was für ein Tag heute ist?«

»Dein Geburtstag!«, schrien hunderte Stimmen zurück.

Reagan grinste breit. »Richtig! Heute ist mein Geburtstag. Ich bin endlich einundzwanzig! Und ich will mich bedanken und zwar bei einem ganz bestimmten Menschen.« Sie drehte sich herum und schaute Finn, der am Eingang zum Backstage-Bereich stand an. Reagan winkte ihn zu sich. Sie konnte selbst auf die Entfernung sehen, wie er ihr einen vorwurfsvollen Blick zuwarf, eher er sich widerstrebend in Bewegung setzte. Er trabte auf sie zu und blieb vor ihr stehen. Die Menge tobte. Reagan legte ihren Zeigefinger an die Lippen und und sagte »Pssst!«. Nach und nach verebbte der Jubel.

»Das hier ist Finn. Sicherlich habt ihr schon mal von ihm in der Zeitung gelesen. Am besten vergesst ihr, was dort stand. Das meiste ist nämlich Quatsch. Aber Finn war dabei als Tristan Holloway, mein Producer, mich entdeckt hat. Damals habe ich Tris gesagt, dass ich kein Interesse habe, doch Finn hier, ist es gelungen mich umzustimmen – ohne ihn würde ich nicht hier stehen. Und ich bin froh, dass ich es tue, auch wenn es nicht immer einfach ist. Ich habe ja eben schon die Presse angesprochen. Diese Skandalreporter, die nach schmutziger Wäsche suchen, um sie dann öffentlich zu waschen, gehen uns beiden an die Substanz. Ich hätte mir nie vorstellen können, dass es so heftig sein würde, doch Finn steht fest zu mir. Er ist stets an meiner Seite und unterstützt mich, wo er nur kann.« Reagan drehte sich zu ihm und nahm seine Hände in ihre. »Und dafür, Baby, möchte ich dir danken. Du bist mein Held und mein absoluter Traummann. Dir gehört mein Herz, denn du bist die Liebe meines Lebens.« Sie drehte sich erneut zum Publikum und merkte an: »Keine Sorge, das hier ist kein Heiratsantrag, denn auch mit einundzwanzig Jahren fühle ich mich dafür noch nicht bereit.« Lautes Gelächter folgte. Reagan wandte sich wieder Finn zu. »Aber irgendwann, Baby, werde ich es sein, denn dass wir zusammengehören steht für mich außer Frage.« Sie beugte sich vor und küsste ihn zärtlich. »Und nun habe ich noch etwas für dich und auch für euch«, sagte sie, ehe sie damit begann ihren neuen Song, den sie für Finn geschrieben hatte, zu singen.

Weitere Bücher

von Violet Truelove:

Ein Surfer zum Verlieben (Band 1)
Ein Fotograf zum Verlieben (Band 2)
Ein Rockmusiker zum Verlieben (Band 3)
Ein Surfer zum Verlieben 2 – Ein Surfer fürs Leben (Band 4)
Ein Cop zum Verlieben (Band 5)
Ein Geist zum Verlieben (Band 6)
Ein Fotograf zum Verlieben 2 – Ein Fotograf fürs Leben (geplant Herbst 2016)

Amor`s Five: Sieben Minuten Himmelreich

von Ava Innings

Waves of Love – Joe: Sog der Leidenschaft
Waves of Love – Rory: Vermächtnis der Angst
Waves of Love – Brad: Schatten der Vergangenheit

Millionaires Club: LA Millionaires Club – Chandler
Millionaires Club: LA Millionaires Club – Tristan
Millionaires Club: LA Millionaires Club – Hunter
Millionaires Club: Miami Millionaires Club – Noah
Millionaires Club: Miami Millionaires Club – Tanner
Millionaires Club: Las Vegas Millionaires Club – Jayden

Danksagung

Mein Dank gilt all jenen, die mich darin unterstützen meine Träume zu leben. Viel zu spät habe ich den Mut gefunden das Schreiben zu meinem Beruf zu machen.

Ich danke meiner Familie, meinen großartigen Lesern, den tollen Bloggern und auch meinen wunderbaren Kolleginnen Charlotte Taylor, Liv Keen und Zoe M. Lynwood, die mit mir zusammen das NY-Millionaires-Club-Projekt realisieren. Ladies, ich liebe euch!

Über die Autorin

Viola Plötz, Jahrgang 1979, studierte Kommunikationsdesign und machte sich nach ihrem Abschluss als Hochzeitsfotografin und Designerin selbstständig.

Im Jahr 2014 ereilte sie eine Midlife-Crisis und sie beschloss, endlich ihren langersehnten Lebenstraum vom eigenen Roman zu verwirklichen. Im Dezember 2014 veröffentlichte sie unter dem Pseudonym Violet Truelove über neobooks ihren Roman »Ein Surfer zum Verlieben«, der es auf die Shortlist für den Indie Autor Preis schaffte. Kurze Zeit später wurde sie durch ihren erfolgreichen Debütroman entdeckt und unterzeichnete einen Autoren-Vertrag für ihre New Adult Reihe »Waves of Love«, die sie als Ava Innings schreibt, bei feelings (Droemer Knaur).

Die Autorin lebt zusammen mit ihrem Mann und ihren zwei Kindern in einem Mehrgenerationenhaus im Taunus, also viel zu weit vom Meer, welches ich so liebt und das ihre Geschichten prägt, entfernt.

Doch nicht nur für das Wellenreiten kann sie sich begeistern, sondern auch für Yoga, die Fotografie und das Lesen.

Ava Innings
MIAMI
Millionaires Club
Noah

dominant, von den eigenen Dämonen beherrscht und verliebt in die Freundin seines besten Freundes

Noah Kennedys Ruf eilt ihm voraus – reihenweise bricht er die Herzen seiner Eroberungen, weil das seine, nicht mehr fähig ist, zu lieben. Doch die süße Reagan Sweets, die Ex seines besten Freundes Finn, berührt ihn auf ganz besondere Weise und so lässt Noah sich auf eine hitzige Affäre mit der erfolgreichen Sängerin ein. Als Reagan jedoch zu Finn zurückkehrt, stürzt Noah in ein tiefes Loch. Er ist hin- und hergerissen zwischen der Loyalität zu seinem Freund und den tiefen Emotionen, die er für Reagan empfindet. Ein Kampf um seine große Liebe scheint aussichtslos, doch dann kommt alles ganz anders.

Ava Innings
L.A.
Millionaires Club
Chandler

Eine Novelle über heiße Surfer, unwiderstehliche Bad Boys und die große Liebe.

Bei seinen millionenschweren Investments riskiert der attraktive Chandler, der als der begehrteste Junggeselle LAs gilt, lediglich sein Vermögen. Als er die junge Pro-Surferin Willow Ramsey trifft und sich Hals über Kopf verliebt, ist es jedoch sein Herz, das mit einem Mal auf dem Spiel steht. Willow hingegen hat nach ihrer letzten Beziehung die Nase voll von gut aussehenden Männern, die sich nicht festlegen, aber alles haben wollen. Gelingt es dem Millionär Willow von seinen ernsthaften Absichten zu überzeugen, um mit ihr den unkalkulierbaren Schritt in eine gemeinsame Zukunft zu wagen?

Ava Innings
L.A.
Millionaires Club
Tristan

Millionär. Attraktiver Ex-Good-Guy. Vom Schicksal gebeutelt.

»Erst die Arbeit, dann das Vergnügen« war – bis zu dem Tag, an dem bei ihm ein Hirntumor diagnostiziert wird – der Leitsatz von Musikproduzent Tristan Holloway. Nach der OP ist jedoch nichts mehr, wie es war und obwohl Tristan seit geraumer Zeit Gefühle für die zarte Abby hegt, ist nun seine oberste Priorität, das Leben in vollen Zügen zu genießen. Als Abby wiederholt Zeugin seiner Exzesse wird, erkennt sie, dass sie Tristan nicht helfen kann und zieht sich verletzt zurück – nur um sich wenig später in den Armen eines anderen wiederzufinden. Erst als sie den Kontakt mit Tristan abbricht, realisiert dieser, dass er einen schwerwiegenden Fehler begangen hat. Gelingt es Tristan nach allem, was er Abby zugemutet hat, sie zurückzugewinnen oder hat er die Chance auf die große Liebe verspielt?

sexbesessen, unmöglich, Bad Boy und alles andere als einfach

Hunter Shermans Leben dreht sich ausschließlich um Sex. Als Inhaber des exklusiven Erotik-Versands ›Lust&Love‹ sorgt er dafür, dass Spaß in die amerikanischen Schlafzimmer einzieht und auch privat lässt der attraktive Selfmade-Millionär nichts anbrennen. Hunter gilt unter seinen Freunden als echter Bad Boy und seine expliziten Vorlieben haben ihm einen gewissen Ruf eingebracht. Doch wie jeder Mensch sehnt sich Hunter insgeheim nach mehr. Die große, eine wahre Liebe hat er allerdings bereits verloren. Seine schnelllebigen Bettgeschichten können ihn nicht über Cameron hinwegtrösten, doch dann erhellt Nova aus heiterem Himmel sein Leben und zum ersten Mal seit Langem fühlt Hunter sich wieder mit einem Menschen verbunden. Allerdings gibt es da einen Haken, denn auch Novas Herz ist nicht frei. Gibt es unter diesen Umständen Hoffnung für eine gemeinsame Zukunft?

Ava Innings
L.A.
Millionaires Club
Hunter

Ava Innings
MIAMI
Millionaires Club
Tanner

Eine Bodyguard-Lovestory.
Er ist Sicherheitsexperte und sie braucht seinen Schutz mehr, als er ahnt.

Nach dem Tod seiner großen Liebe zweifelt der Sicherheitsexperte Tanner Norton daran, jemals wieder sein Herz an eine Frau verlieren zu können. Dies ändert sich jedoch, als er den Auftrag erhält, das skandalumwitterte It-Girl London Hyatt zu schützen. Eine Aufgabe, die ihn rasch an seine Grenzen bringt, denn die Verlobte des Ausnahme-Quarterbacks Rico Ackles übt eine ungeahnte Anziehung auf ihn aus. Als er dann auch noch auf Londons Doppelgängerin Danielle stößt, vervielfachen sich seine Probleme und er wird zum Spielball seiner Gefühle.

Gegen jegliche Vernunft: Jayden und Vivien

Vivien Westwing hat genug von Männern. Ihr Ex hat sie vor dem Traualtar stehen lassen und die Wunden sind noch nicht vollständig verheilt, als ihre Schwester sie nach Las Vegas schleppt. Nach einer ausschweifenden Party erwacht Vivien neben einem attraktiven Unbekannten, der sich als ihr frisch angetrauter Ehemann entpuppt. Während Vivien davon überzeugt ist, den größten Fehler ihres Lebens begangen zu haben, denkt der tätowierte Fremde gar nicht daran, die Ehe annullieren zu lassen. Jayden hat nämlich eine Sache erkannt: In Vivien steckt mehr, als man auf den ersten Blick ahnt und er will sie unter keinen Umständen verlieren. Ein Kampf gegen die Vernunft und um Viviens Herz beginnt.

Ava Innings
LAS VEGAS
Millionaires Club
Jayden